路转溪桥,忽见

璐璐 著

广西师范大学出版社

·桂林·

LUZHUANXIQIAO HUXIAN

图书在版编目（CIP）数据

路转溪桥，忽见 / 郭璐璐著. —桂林：广西师范大学
出版社，2019.7
ISBN 978-7-5598-1825-6

Ⅰ．①路… Ⅱ．①郭… Ⅲ．①随笔－作品集－中国－
当代 Ⅳ．①I267.1

中国版本图书馆 CIP 数据核字（2019）第 107651 号

广西师范大学出版社出版发行

（ 广西桂林市五里店路 9 号　邮政编码：541004 ）
网址：http://www.bbtpress.com

出版人：张艺兵
全国新华书店经销
广西广大印务有限责任公司印刷
（桂林市临桂区秧塘工业园西城大道北侧广西师范大学出版社
集团有限公司创意产业园内　邮政编码：541199）
开本：880 mm × 1 240 mm　1/32
印张：9.375　　　　字数：164 千字
2019 年 7 月第 1 版　　　2019 年 7 月第 1 次印刷
定价：52.00 元

如发现印装质量问题，影响阅读，请与出版社发行部门联系调换。

自序：吾手写吾心

1

大学时我的专业是作曲。在学习作曲的过程中，接触到很多世界经典作品，随着了解的深入，我泄气了。尽管我喜欢作曲，但深知自己没这个天分，创作灵感带来的神奇、美好的旋律，很难在我的脑海里闪现。有时交不了作业，急得真想一头撞死算了。

大学毕业后我被分配到中央电视台改行当文艺导演，我挺高兴，尽管大学毕业成绩不错，老师们也看好我，但我知道自己的能力离做一个作曲家还差得很远。而我对做电视导演充满了热情。

20世纪80年代中期，国内正赶上出国留学热，我也很想到国外看看。对我来说，经过系统学习的专业还是音乐，于是我选择学习音乐理论，心想将来做个音乐评论家也不错。

三年在国外的学习刚结束，中国的经济改革便风起云涌，在世界范围内掀起了巨浪。朋友们说："这是我们这代人的使命，不加入这场经济革命中就枉活在这个时代了。"于是我毅然投入，找了一家外国公司经商，用当时一个时髦的词来说就是"下海"了。

经商常常需要四处奔波。在频繁的出差途中，为了打发时光，我想写点随笔一类的东西。都说写东西的人要脑勤、手勤。于是我身上揣个小本，随时记记心得，记记身边发生的有趣的事情。每当这时，觉得自己挺文艺的，心里暗自得意。很快，我写的一篇小短文被编入到一本《外国人在挪威》的短篇集中出版了，使我对自己在写作上的能力有了一些自信。在记者采访和读者与我交流心得的过程中，我了解到这个短篇之所以能被选上，不是因为我的文笔有多漂亮，讲述的故事有多么离奇，而是因为真实。我写的是小时候，我和妈妈在一起的一些真实感受。

2

我记得写这个故事的时候，我自己都被感动了。短篇一开始，看似在责怪我妈妈，责备她在我小的时候，不像别人的妈妈那样关心自己的孩子，让我时常羡慕周围的同学都有个好妈妈，并且下定决心，将来我有了孩子，我一定要做一个好妈妈。

后来写到我自己做了妈妈后，柴米油盐、挣钱养家的负担一下子压在肩膀上。不仅如此，我还要用很多精力和时间照顾孩子，那不是一时一刻的付出，而是无时无刻不在进行的付出。比如，当我正在集中精力做自己的事情时，孩子哭了，我马上要放下手里的事情去照看她；终于等到摄制组的邀请去参加拍摄，可孩子正在睡觉需要有人看护，一时又找不到人来帮忙，于是只能放弃；下班回家堵在路上，不能按点去接孩子，到了幼儿园，又是被罚款，又是被老师警告，那种委屈没地儿去诉说；一天工作筋疲力尽后，连喘口气的工夫也没有，马上要买菜，给孩子做饭，照顾孩子吃饭，然后哄孩子睡觉；正常生活中的娱乐，比如去电影院、参加派对，是连想也不能再想的过去式了……

我常常一手抱孩子，一手提菜篮子，身边还带着个年迈的婆婆，需要我随时照看。现实的生活，把我从一个自小被当班干部来培养的有耐心、遇事不慌不忙的人，变成了一个急躁、遇事焦虑不安的人。我对孩子根本做不到没孩子前设想的那样，成为一个"有爱心和耐心，比我妈妈称职的好妈妈"。于是，我想到当年的母亲，开始理解她，觉得她太不容易了。

3

我的妈妈生有四个孩子，她是一个有才华和独立见解的知识女性。在我们小的时候，社会环境较复杂多变，我能看出妈妈总是很焦躁、烦恼，这使她没法对我们姊妹表现出慈爱和耐心，达不到我们心中想要的好妈妈标准。

比如，我写到她让我伤心的一件事情。那是我上一年级的时候，有天放学回家我发烧得很厉害，我告诉妈妈我很累，想睡觉，晚上不能去食堂给全家人买饭了（当时我负责每天晚上给全家人到院里食堂买饭）。妈妈听了，非但没急着带我去医院或让我马上休息，反而很生气，说我太娇气。我当时很伤心，心想我怎么这么倒霉，有这样一个狠心的妈妈。

诸如这样的例子我在短篇中还写了几个。当然，我不是用记恨的心情去写这些回忆，而是多了对母亲的理解。看过我这篇文章的挪威人说他们很感动，让他们觉得我和母亲的情感刺到了他们心里，引起了他们的共鸣。从而，我第一次理解到为什么评论家们要一再地强调文艺作品一定要来源于真实的生活了，因为如果缺了真实，凭空瞎编和想象得再好，都很难让读者找到感觉。

4

这些年，在世界各地旅行越来越多，见到的人和事情都让我充满兴趣。我在东方和西方的生活学习，用了人生近乎一样多的时间，我觉得把自己经历的事情用东西方两种不同的理解写下来，一定会很有意思。有些事情我甚至想写得更深一些、更多一些，但往往落笔就写不下去了。于是我知道当个作家并不容易，抛去所谓先天的因素，比如悟性呀，灵气呀，还需要有一种豁出去的精神，不能爱惜自己，要敢于揭开那些锥心的、还没有被抚平的心灵伤疤。而这样的痛苦则不是人人能承受的。我本性是一个希望能天天快乐的人，其实谁又不是呢？大概这就是大部分文学艺术作品最终都是在希望、团聚或胜利中结束的原因吧！现在的时代，飞快的节奏加上日常生活中的技术性要求一天比一天高，人们在生活中承受的压力越来越大，面对的挑战越来越多。这样的情况下，人们会希望读到什么样的文字呢？于是，我开始思考自己应该写什么才会有人读，以及我适合写什么样风格的作品。

通过观察，我发现朋友们聚在一起喜欢聊一些所谓"鸡毛蒜皮"的、可笑的小事，用这样的聊天缓解压力，寻找快乐。我在和国外朋友的接触中，感到他们的聊天也是如此。一开始，我觉得这样的聊天很俗气，纯属浪费时间。但后来我也尝试加入这样的聊天之中，而且渐渐学得很会聊了，在聊天中渐渐感受到了幽默的魅力。我开始喜欢英国的"单人脱口秀"（类似中国单口相声），这类节目很受欧美人青睐，尤其是年轻人，实际上就是一个人津津有味地调侃生活中的小事。西方国家有时在新闻播报中也让一些幽默节目中的演员加入进来，有了他们的插科打诨，一贯传统严肃的节目不仅能一如既往向观众传达信息，还让观众感到接地气，即使是那些世界国家大事，也让观众感到与自己不再是天上和地上之间那样遥远，而是都在人间，与自己在一个水平线上，进而产生了大人物和普通人、大事件和平凡小事之间的互动感。

我的女儿和先生只要有幽默的节目，回回都看得哈哈大笑，然后举一反三，像两个同龄人一样互相调侃。我想他们一定觉得很解压，很开心，在这样的时刻，人人都会脑洞大开，聪明异常。而我和女儿聊天，她往往有压力。比如我和女儿聊起世界著名球星罗西这场球踢得有多精彩，一个急转弯却提到罗西小时候生活多困苦，连肉都吃不上，这是一个多么多么成功、感人向上的励志故事……本来女儿兴冲冲地等着听我讲一个有意思的故事，听完后却不满地埋怨道："妈妈，你为什么讲故事总在故事后边又加上一个故事？"

5

这两年我有点感悟，喜欢做的事还要根据自己的擅长去做，试着写点自己的经历和有娱乐性的小东西吧，这大概比较适合我。常说众口难调，我要先把自己的读者定位找好。当代人压力大，但愿我写的这些七零八碎的小感受，能帮读者们释放一些压力，于我就满足了。

目录

风景在路上

只为寻找

路转溪桥，
忽　见

后生给我一片阳光

景

A

风 景 在 路 上

一个人的旅行

有人说："读书，是向内旅行。旅行，是向外读书，一个人的旅行能让你独立、勇敢，悄悄成为你自己。"

1

大学一毕业，女儿说："我要独自旅行，去思考我的人生到底可以做什么。"但大学毕业后，她首先面临的是怎样生存，于是忙着找工作、挣钱、缴税、租房子、考驾照、完成硕士学业……

终于，2018 年 3 月 7 日，女儿背上旅行包，开始了一个人在北美的四个月旅行。

这年，她 26 岁，曾经在欧洲、亚洲、非洲居住过多年，北美对她而言则是全新的。为了这次旅行，她用了四年时间，节衣缩食，除了节假日加班，有时一天还打两个工，攒下了这笔旅行费。

第一站从挪威首都奥斯陆出发到美国西雅图，然后是一路走来：波特兰、旧金山、奥克兰、圣塔巴巴拉、洛杉矶、拉斯维加斯、阿尔伯克基、圣达菲、新墨西哥、丹佛、芝加哥、华盛顿、纽约、费城、新奥尔良、纳什维尔、孟菲斯、奥斯汀。最后还要去墨西哥和中国香港。

女儿出行的那些日子，我的心情像经历了一次过山车。从对女儿独自出行的万般焦虑和担心，逐渐转变成对女儿由衷的敬佩、欣赏，真为她骄傲。

每天早上起来的第一件事就是看女儿的博客，看看女儿走到哪里，住在哪里，周围的环境如何。我最有兴趣的就是看她写下、画下旅行路上的所见所闻、点点滴滴。

2

女儿生长在信息时代，旅行前在互联网上向网友发出消息，询问谁能提供便宜的住宿。一时间，网友和网友的网友立马回应，都积极行动起来出谋划策，为她在前往之地寻找住处。

我和阿童还生活在过去的时代里，对她这种旅行方式很好奇：难道旅行还可以这样吗？令我们想不到的是，她的第一站西雅图，不费吹灰之力就搞定了。接下来，我们又看到连我们的网友都加入了帮助女儿旅游的计划中。随后的情况是：途中女儿或住在朋友家、朋友的朋友家、朋友的父母家，或住十美元一晚的旅馆、免费一个人居住的小农舍，等等，真可谓经历丰富、接地气，既接触了社会又节省了开支，更重要的是磨炼了女儿，这一路上她基本都是以沙发为床的。

美国是个汽车大国，但一路上女儿都没租车。她要么坐火车、大巴，要么乘地铁或骑自行车，更多的时间是走路，往往一走就是几小时。途中的每天晚上，她都为自己做好次日午餐，这样的午餐无外是三明治一类的方便食品，然后再准备好一瓶水，这样一天旅游在外就不用为吃喝担忧了。

　　在西雅图，女儿参观流行文化博物馆（Museum of Pop Culture，简称 MoPOP）后，把博物馆带给她的收获和快乐用插图形式编成一个幽默的小故事寄回博物馆，以此表达对博物馆的感谢。博物馆也给她回了信，信中洋溢着对她以及她悉心绘制的插图的那份喜爱。

　　女儿每到一处都争取去听当地举行的音乐会，她喜欢听音乐由来已久。小时候她是一个比较好动的孩子，一天我给了她一个随身听让她听音乐，那天她的表现令我惊异，她听得是那样入神，几乎舍不得摘下耳机。她喜悦地对我说："妈妈，我心里怎么这样高兴？"我说："那是音乐带给你的。"自此之后，女儿就爱上了音乐。这种爱是执着的，持续的。她会用自己攒的钱——即使这钱是她的饭钱——毫不犹豫地去买喜爱的音乐会门票。20 年过去了，音乐成了她生活中不可或缺的一部分。我和阿童都曾经结缘音乐，这时又有了女儿的加入，家庭聊天的话题便常常围绕音乐进行了。

　　女儿通过互联网，给我们讲旅途中不同地方的音乐会，和我们聊这些音乐会的风格，受众群映射的时代、种族和文化特点，有时还用画笔画下音乐会的场面，每当这时我和阿童都会和她在网上讨论很久。往往是和她讨论以后，我和阿童还要接着她的话题继续讨论，这样的时刻，让我们仿佛瞬间找回了年轻时的兴趣点和那份激情。

女儿告诉我们，她怎样和住旅店的人结伴去街上的洗衣房，在等待洗衣服的间隙看书，和周围的人聊天或和路边的小狗玩。这些看来平淡无奇的生活琐事，让我们这对挂牵女儿的父母倒觉得很有意思。

就在两年前，女儿还很腼腆，见人不知所措。现在她则以过来人的口吻告诉我们应该怎样和人交往：对帮助过自己的人不能认为是理所应当，哪怕自己只有微薄之力，也要回馈对方；早起帮朋友们买个早餐，有人不开心或累了，给他们一块巧克力，有人过生日给他或她画张有意思的画……

女儿说，一路走来，她看到了美国社会的另一面——贫困、吸毒、酗酒……这和这个国家光鲜的表面是有所不同的。有时美国人会问她欧洲是不是非常好，她也会把自己对欧洲问题的看法如实相告。

后来有一天她在互联网上对我说："妈妈，我累了，我想家，想家里的朋友们。"心疼女儿的我马上说："你已经旅行 40 天了，快回家吧。"女儿用惯有的平静语调回答："还不行，我要完成我的计划。我想下一站在酒店租个房间好好休息两天，我算了算我的旅行费还够。"我简直想给她下命令——下面的路程都住酒店。但我还是忍住了，面对倔强自立的女儿，更不敢说我们要包下她的旅行费了。就这样，我和阿童跟着她的旅行，好像每天都看到她如芝麻开花似的在节节蹿高，一天天成熟起来。

3

属于晚婚晚育的我，有女儿时，已经同老公在各自的工作上担任了重要职务，虽然工作紧张些，但生活条件还算优越。出差带孩子坐的是飞机头等舱，住的是豪华酒店。女儿受教育的幼儿园和国际学校条件都非常好，这使得她在上大学离家前近乎是不识人间烟火，对钱的概念都不是很清楚，除了学习和玩，没有什么让她操心的。

记得她离开我们去港大上学时，入学第一个星期，她在电话里难过地对我说："妈妈，我想回家。"我一时不知如何回答，正考虑如何安慰女儿，她自己又开口了："我知道是不能回家的，慢慢来吧！"

女儿上大二时，我们去香港看她，那天她的几个朋友也在，当谈话转到大家对女儿的看法时，没想到她周围的朋友对她有那么好的评价。女儿低着头、红着脸坐在一旁，显得很腼腆，甚至还有些紧张。那晚，等大家都散了，我们高兴地夸赞起女儿来，女儿有些得意地说："他们是我的朋友。"我们感觉得到：女儿已开始从对我们的依恋转向对朋友的珍爱了，从这里我看到了女儿的成长。现在看来，不管在哪种环境里，人生中不能没有朋友。

女儿大学毕业后，我对她说："妈妈觉得你应该独立了。"现在回头看，我真的是不懂教育孩子，没有给女儿任何过渡的时间和机会，只是觉得她独立的时间到了。

女儿是一个听话、倔强、自立的孩子。她未加思索地对我和她爸爸说："我要找工作，不再要你们的钱了。"女儿的话让我们觉得很突然，但没往心里去，觉得她只是说说而已。没想到，她真的还说到做到了。

后来的日子，我发现女儿在走进社会自己找工作的过程中，看到了实实在在的生活。她失望过，迷茫过，也忧郁了一段时间，但从来没把心里的痛苦和迷茫向我们述说过。女儿5岁离开挪威、21岁回来，这个国家对她来说是陌生的，没有朋友，没有亲人，连语言都生疏了。而我们在远离她的北京仍然指挥她学这个，学那个，考这个学校，考那个学校；我们不知道她的困难，不知道她心里的煎熬，也不知道她想要什么。

我们一直沉浸在她从小一路走来，人们对她的赞扬声中，认为女儿在这样一个令许多人羡慕的环境中成长，能有什么苦恼和麻烦呢？其实，女儿和所有的孩子一样，都是风雨中那棵飘摇的小树。幸运的是，女儿坚强地闯过她成长期各种转换带来的恐惧、迷茫、痛苦和烦恼。在经历了一个国家接一个国家、一所学校接一所学校、一种语言接一种语言的转换之后，女儿融进去了，成为一个当代地球村里对未来有着美好憧憬，自信、自立的年轻人。

4

女儿从高中时就拒绝跟我们一起坐头等舱、住豪华酒店，她明确地告诉我们，那不是她的生活。

女儿中学老师对我说过这样的话："你的女儿不像是独生子女，

不像从你们这样的家庭条件走出来的孩子，她有自己的主见，是一个有教养的孩子。"

为什么老师对女儿有这样的评价呢？我记得女儿初一时，四川发生大地震后的一天，女儿抱出了一个小箱子，这里面是她积攒了多年的零用钱和我们在家随手乱放的零钱。我想她可能有自己的打算，可能要用这些钱去买自己喜欢的东西。我们没想到的是，她是把这些钱带到学校，让老师转给地震灾区。我得知了这个情况，问刚从学校回来的女儿："老师一定夸奖你了，一看你的小箱子，就知道这些钱是你一块一块积攒起来的，很感人呀。"女儿淡淡一笑，说她的同学想替她把这个箱子交给老师，她就让同学去做了。我有些惊讶："这是你的心意，为什么让同学去做？"女儿看了我一眼，一脸平静地说："谁做不都一样吗？"

女儿高中的时候，学校举行国际音乐节，她给音乐节设计的标志被组委会选上，被印刷在来自世界各国参赛孩子们的衣服、乐谱和会场装饰上。比赛最后颁奖时，女儿得到组委会颁发的唯一的一个个人学生奖。当时全场为她欢呼，场面十分热烈。回家的路上，我激动地问女儿："一下出了名的感觉好吗？"出乎我的意料，女儿淡然地说："妈妈，明天就都过去了。"

有一次，我们在街边吃麦当劳，全家守在一个公共垃圾桶旁，以便吃完后随手将包装垃圾丢进去，觉得这样会方便些。女儿吃完并不把垃圾往桶里扔，仍捏在手里。我奇怪地问："为什么不扔呢？"她笑了笑告诉我，这垃圾桶比较满了，要再找一个垃圾桶扔。我当时心生感慨：我怎么没这样想问题？怎么这类令我反省的事情常常在女儿身上发生？

　　曾经一度，我很担心女儿的这些想法做法会造成她以后在社会上被孤立。我真高兴我错了。我注意到当今有许多像女儿一样的年轻人，这是一群心系着世界未来的年轻人。本以为我们是孩子们的榜样，其实孩子们才是我们的榜样。他们让我们阳光了，让我们看到了未来和希望。

　　我期待着女儿旅行结束的那一天，四个月后女儿回来会是什么样子？是不是又成长了？我心里默默地说："女儿，别走得太快了，爸爸妈妈要追不上你了。"

风景在路上

　　父母给我起名叫璐璐。母亲说我出生在一个夏天的清晨，刚刚下过雨，她看着医院窗外的花园里，草地和花朵上沾满了晶莹剔透的露珠，露珠在晨光的照射下闪闪发光，清澈中彰显高贵，像玉石。于是他们在字典上找到了我的璐，璐是玉石的意思。

　　1972 年，我们文工团下乡演出，住在老乡家，房东大妈一听我叫璐璐，马上说，你父母给你起这个名字是让你走很多的路、很远的路。当时我听房东大妈这样讲，非常喜欢。我从小就希望能走很远的路，去看世界。

　　20 世纪 80 年代中，我出国学习，后来在国外工作。30 多年来我在世界各地跑来跑去。以前跑多以出差为主，偶尔旅行，但手机不离身，一有电话马上接，生怕把工作耽误了。有时在餐厅里、音乐厅里，甚至有次在梵蒂冈大教堂里，电话来了，我马上跑出去接；然后等着电话再来，希望是个好结果，整个旅游过程心不在焉。就这样，我常常把一家人好不容易聚在一起、一年一度的旅游好心情给破坏了。

现在退休了，我开始了真正的旅行。首先是放慢了节奏，不同于以前像赶着去投胎。如今，每到一地，总要住两三晚，感受当地人的生活，试图把自己的经历和他们进行比较。

后来，我把自己写的一些随笔放到网上，感谢读者们的相伴和点评，让我对自己有了更多的信心。有了忠实的读者，我越来越喜欢把旅途中的所见所闻所想及随感写下来和朋友们分享。

从 2000 年开始，我在网上发现了缤客网站（booking.com），那时这个网站专门为游客提供在各国订酒店的服务。有一天我到一位瑞典美女家做客，聊天中，她说她在缤客网站工作。我当时有点惊讶，如此出众的瑞典大美女，绝对是做电影明星的料呀，在网站工作是不是有些大材小用？言谈中我发现她很爱自己的工作，还让我点评我住过的酒店。如今使用携程网、猫头鹰网订酒店也会马上给你转到中文缤客网站上。当然现在订酒店的网站很多，基本都会让住过酒店的客人对酒店的各项服务进行点评，然后把客人们对酒店满意和不满意的评论都放到网站上供订酒店的客人们参考。这样的点评促使酒店服务员很小心，不敢任性。

2017 年年初，我和先生决定乘火车到意大利的一些小城市旅行。我们事先在地图上找好离火车站近的酒店，下车后尽快把行李放到酒店，然后就可以轻松地到市中心和景点观光了。这样确实节约了很多时间。我们要求酒店的标准是：卫生条件好，有免费网、有早餐就行了，反正只是晚上回酒店睡一夜。每当我们离开酒店，店员都会暗示或明说："如果满意，拜托请给点个赞。"看来网站上客人们的点评确实让酒店很重视，有监督就会有进步，这话一点不假。

最近我和先生常在几个国家来回跑，有些感触。

意大利是个天主教深入民心的国家，周日全家人穿着整洁到教堂做礼拜，和左邻右舍在此聚聚，是从中世纪就保留下来的传统。心里有苦闷，晚上可以到教堂和神父谈谈心。中国人和意大利人有很多相似之处。意大利人在中国如鱼得水，中国人在意大利如虎添翼。在意大利奋斗的华人相当自信。世界有名的意大利皮鞋店，华人就敢在它对门开个中国运动鞋店。意大利面馆旁边，华人就能借这个面馆的光开个中国拉面店。我看到在意大利不同城市的华人新一代，他们衣着时尚，快乐自信，真让人看着高兴。

我熟悉的挪威是个全民热爱健身的国家。周末穿上休闲装、运动装就是要在户外散步、跑步。由于经常穿休闲装和运动衣，有时接待客人或重要场合都不会穿正装了。我常常听到来挪威的朋友们说，挪威人穿戴很土，没讲究。

美国给我的印象仍是钱是老大，"Money talks"，钱说了算。无论走到哪儿，耳边都会飘过"I want to make a big money"，我要挣大钱。

法国人是"Cést la vie"，活在当下，怎么开心怎么来，做什么都充满创意、光彩。连平时令人乏味的一日三餐，电视节目也每天都在变着花样教观众做，让千篇一律的家常饭变得有滋有味，还有艺术性。此外，怎样穿戴、居家，这类节目也是电视台的主流节目之一。

德国人愿意活在制度中。我认识的一个德国孩子告诉我，他的父母对他的希望就是毕业后有个稳定的工作，买房买车后，找个好老婆，生个一男一女，再养条狗。然后每年都有一次夏季大假，到国外或在国内旅行。年年如此，绝不厌烦。

众人皆知，"绅士"之称是从英国而来。世界现代教育制度的奠基石也来自英国。英国的上流社会至今被人尊重、羡慕。女皇也一直要求自己做一个全公民的好楷模。于是不管什么类型的人都想要像上流人一样优雅、有知识，气质高贵，谁也不想让别人瞧不起。是不是人人都能从骨子里做到高尚就不知道了，但装也要装一下。这也就成了一种社会下意识的习惯，大家都努力做到高尚。连我到伦敦都死活要看个莎剧，约朋友喝个下午茶。因为到英国了，档次一定要高一点。

我女朋友和她英国老公不和，说老公太装：他父母来家喝个下午茶，不铺桌布都不行；两人一起吃晚饭，各抱一本书，比谁专心看书，好像光吃饭就俗了；剧场门口好不容易等了两张退票，由于来不及回家换衣服，老公非让等到戏开始，剧场灯黑了才猫着腰跟盲人一样摸进去……有人说英国人虚伪、呆板，我觉得还是正面积极地来说事，他们只是在追求高尚。

一年又一年，我不知走过了多少国家，走了多少路。清晨有时醒来真要定定神，想想自己今天在哪里。世界太大了，有意思的事情层出不穷。我希望有个好身体，永远在路上走，在路上看。

世界的路走不完，无问中西，风景在路上。

意大利·热那亚

　　热那亚（Genova）是意大利的一个港口城市。城市的名字Genova翻译成中文是"门槛"的意思，有点近似中国的门神爷。不过它这门槛可是人类与宇宙，昨天和明天，旧世界和新大陆，冬天和春天的门槛。伟大的哥伦布出生在这里，是他带领人类发现了新大陆。还有一位小提琴鬼才帕格尼尼也出生在这里。记得在大学学习音乐的时候，第一次听到他的演奏录音，我和所有的同学都被迷得神魂颠倒，那真是凡人不可企及的演奏水准。

　　我曾几次经过热那亚这座城市，从没想到这座城市有着如此悠久的历史和如此深厚的文化底蕴。这次本来也只是要到这里转换火车，临时改变主意，还是不要太赶时间了。听说这个城市有一个知名的意大利国家美术博物馆——斯皮诺拉宫，百度网上中国人称它"白房子、红房子"，我们决定不妨在此住两晚。

　　第一天，我和阿童随便在街上走走看看。保存很好的古罗马时代的建筑太多了，我们走了一天，基本把整个城市大概逛了一遍，但没发现什么所谓的"红房子、白房子"。

热那亚皇宫

路 转 溪 桥，
忽 见

在一条比较宽敞、笔直的街边，我们真的累了。当时天色渐晚，路边有个很温馨的咖啡店，我们决定在此歇一下。

突然，我看见几个同胞的身影匆匆进入咖啡店对门一个入口处很不显眼的建筑门厅。那里有两个建筑楼相连，一个白色，一个红色。我下意识地猜测，这极有可能就是同胞们所说的"红房子、白房子"了。

据我的经验，自驾游旅行的同胞一般都会提前把功课做得很好，跟着同胞的足迹走准没错。我对阿童说："对面这个建筑，大概就是我们要参观的博物馆。"走上前一问，果不其然，真是"踏遍铁鞋无觅处，得来全不费工夫"。

我们开始仔细观察左右两边，这条街比一般的老城狭窄的街道宽敞几倍，街上的古典路灯很高雅，街两边全是大理石建筑的楼房，高度在四层左右，有的建筑带有塔顶，貌似小城堡。而斯皮诺拉宫就隐藏于这些大理石建筑的楼群之中。

在历史上，这座建筑曾多次易手，最终于 18 世纪早期由斯皮诺拉家族掌管，经过家族几代人对艺术品的收藏，目前宫里面陈列着不少 16 至 18 世纪意大利文艺复兴时期一些顶级画家的艺术作品。其中有一幅埃及艳后的肖像，不知艺术家是根据从哪里查到的资料或者只是他本人对美人的遐想进行的创作，这幅埃及艳后的肖像不同于我所见到过和美国电影里埃及艳后的形象：这是一个金黄头发、完全是西方美女形象的埃及艳后，作者还特意在她胸口画上了一条毒蛇，再次强调了她的身份。我在这幅油画前停留了很久，思绪万千。

热那亚博物馆收藏的帕格尼尼的小提琴

路转溪桥，
忽见

1958 年，斯皮诺拉家族把这栋博物馆捐赠给了国家，现在它的名称是意大利国家美术博物馆。斯皮诺拉宫的空中花园也让我印象深刻，它保留至今，古树已参天。记得 1996 年我第一次在北京的别墅区丽京花园看到空中花园时的惊奇。我当时以为这是中国人的创造，后来才知道丽京花园的设计师是意大利人。意大利的空中花园在中世纪就已成熟，而空中花园最早发源于中东伊朗一带，古罗马帝国在向世界扩张的过程中取其精华，去除糟粕，加以完善，为我所用，成就了它昔日的辉煌。

　　参观完斯皮诺拉宫，我们精神头又来了，重新走了一遍这条街。街两边每一个建筑都是古罗马建筑高大上的风格。我们终于发现，原来这条街就是世界最著名的中世纪建筑群新街——加里波第街（Via Garibaldi）。

　　这条街包括 42 栋气势恢宏、以白色大理石为主体的建筑。至今，这些建筑已有近 600 年的历史。高大宏伟的白色大理石圆柱，四方形的宽敞前厅，与楼群建筑共存在这里，保存完好。第二次世界大战时，即使意大利是站在以德国和日本为首的法西斯阵营，反法西斯同盟军的英国飞机在轰炸中也并没有摧毁这座城市，城市历史遗产有幸躲过了浩劫，今日能够风光依旧。漫步在城市的街道上，往日热那亚众多大家族的建筑水准与生活情景仿佛还历历在目。2006 年，加里波第街古城建筑群被联合国教科文组织列入了世界文化遗产名录。

　　热那亚人既承袭了罗马人的包容和明智，又在历史的风雨中学到了矜持和含蓄。在这个城市里，穷人、富人，本地人、移民，

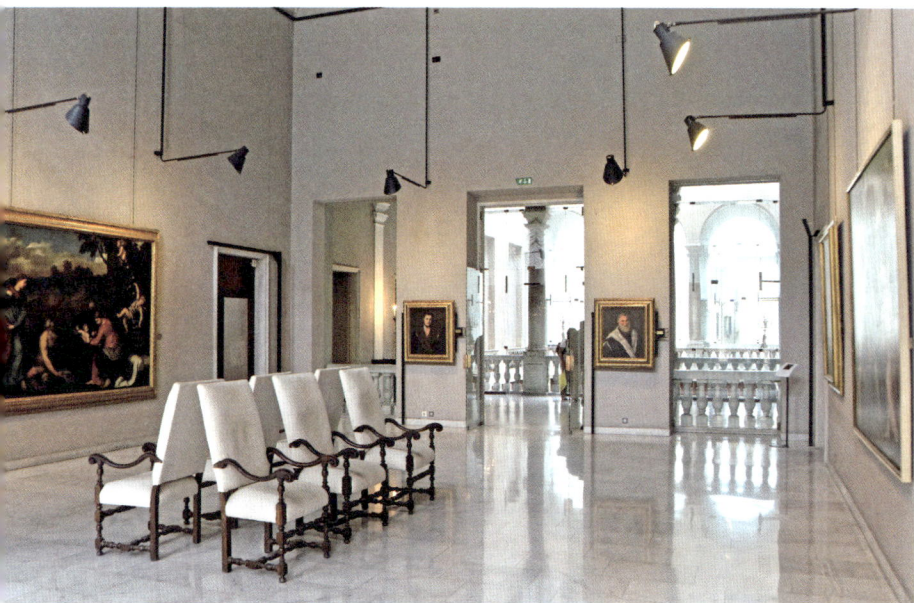

斯皮诺拉宫

路 转 溪 桥，
忽　　　见

加里波第街

全都居住在一起，让人感到他们是和谐、友好地相敬相处着，共同奋斗着。

临离开这座城市时，我们突然听到酒店工作人员说这里还有一座16世纪中修建的皇宫。既来之则安之，我们索性将火车票作废，赶到隐藏在老城街里的皇宫。

皇宫外表和这里的其他中世纪建筑群没什么区别，是个二层楼的大理石建筑。我第一次看到两层楼的皇宫，第一次看到这么小的皇宫。但走近皇宫，发现大厅很华丽，宫中陈列着的中世纪世界各国珍品也独有特色。我看到有几个巨大的中国彩绘花瓶，有一个上面还有"汾阳府"的字样，让我觉得好亲切。皇宫空中花园面向太阳升起和落下的大海，我想早晚的日出日落一定万般美妙。

我很喜欢热那亚这座城市，想写的东西很多，还是把好奇的空间留给亲爱的读者们吧。

意大利·比萨斜塔

前天到了著名的意大利比萨（Pisa）小镇。我本来并不打算在这里停留，千年斜塔在中国也见过，一般这种奇景都是因为地质土层的变化而形成。但阿童兴致很高，他说："这个斜塔很有名，为了这个斜塔，挪威航空公司都开了直航到比萨。"去就去吧！反正我们正好在意大利佛罗伦萨，从那里到比萨的火车半小时一趟，一个小时左右也就到了。

一到斜塔，我完全被震住了，来这儿的人不像喝高了，却嗨得很。所有人都在这里找角度，一副要推正斜塔的样子。有的人连北都没找到就开始推，不知是想推倒还是要推正；有一拨人忘了自己多大年纪了，也不怕闪了老腰，站在斜塔旁边围着的铁链子栅栏上，一二三喊号子一起推，刚喊出一，大家就东倒西歪。见状，笑得我是前仰后合。看来大家不远万里前来的心愿，都是为了要拍出一张自己能拯救斜塔的照片呀。

塔前照相摆造型的人太多，因为小镇仅此一景，大家都有大把的时间在这里大摆特摆推正斜塔的姿势。看见大家想出千方百

路 转 溪 桥，
忽　　见

计，摆出各种姿态，我大受感染，也跃跃欲试。阿童看了一眼那些不知给自己同伴照了多少遍照片的人，听着他们不耐烦地对照相的人发牢骚，得意地对我说："让他们看看咱们怎么推，我给你照张一巴掌就推住斜塔的照片，放在朋友圈里晒晒，估计你的朋友们以后来比萨斜塔一游，五分钟就能搞定斜塔救世主的好照片。"我说："你此话差矣，这叫浪漫，人们来比萨镇用几个小时推斜塔，在这推来推去中才真正享受到自满自足的滋味。"

比萨斜塔建于 1173 年。建时由于地基挖浅了，土质又松，建到第三层后，发现塔身开始倾斜，工程不得不停止。近一个世纪后，人们不甘心，又继续施工。这次采用了一系列防倾斜措施，但全塔建成后，塔顶中心点仍偏离垂直线 2 米多。几百年来，塔身倾斜越来越严重，现在的比萨斜塔已经偏离垂直线 5 米多了。

从此，一代一代的比萨人日日夜夜在担忧、害怕中度日，每天清晨起来第一件事，就是要看看斜塔倒没倒。

直到 1972 年 10 月，一次大的地震发生在这里，令人惊诧的是斜塔竟然没倒下。因为经受住了大自然的考验，从此，斜而不倒的意大利比萨斜塔成为世界建筑史上的一个奇迹。

我们在斜塔的时候，突然赶上山雨欲来风满楼，参观的人群立即骚动起来，都急着找能避雨的地方。顿时，只见一群人像是一支敢死队，你争我抢往斜塔顶上爬，大有与斜塔同生死共患难的架势，看来到斜塔的人比斜塔本身还怪异。

实际上，12 世纪的比萨人建造斜塔的时候，本来主要的目的是建造比萨大教堂，比萨斜塔只是比萨大教堂的一个钟楼。估计当时的比萨人可能是想借个光，考虑到比萨离天主教圣地佛罗伦萨不远，每天到佛罗伦萨朝拜的人熙熙攘攘，络绎不绝。在比萨建造神圣庄严的天主教堂，可以让到佛罗伦萨朝拜后还不尽兴的人，再来到比萨继续朝拜。可没有想到的是，这个当年做配角的钟楼，却变成了一道天下奇观，比萨也由此扬名四海。如今，来这里的人绝不比去佛罗伦萨的少。到比萨既能看到斜塔奇观又能继续朝拜，可谓是一举两得。

意大利·五渔村

　　一大早，来到因天堂般的美景而被联合国教科文组织列为世界遗产的意大利"五渔村（Cinque Terre）"。五渔村是坐落在意大利紧靠地中海边的五个小渔村。

　　五渔村的发迹有些传奇色彩。过去的小渔村生活艰难，于是穷则思变，故事就从这里开始了。

　　有那么一天，其中一个村里来了个"小诸葛"似的人物。这是一个有着钢铁般信念的人，他坚信这里风水好，一定能兴旺发达起来，于是一首狂想曲伴着大海的波涛声在他脑海中形成：他要让全世界的人都到这里来旅游。

　　"小诸葛"让全村人把房屋刷成五颜六色，又请来一位鬼才摄影师，灯光、航拍悉数全上，拍出了一张张令世人过目不忘的照片。不过，"小诸葛"心想：仅靠一个小渔村恐怕做不成大的文章，如果把临近的四个渔村也放进这首改变命运的狂想曲中，说不定会更有吸引力。于是"五渔村"之名便诞生了。

　　接下来，是要想想让人们来这儿干吗。打鱼肯定是不行的。

路 转 溪 桥，
忽　　见

他思来想去，突然灵机一动："现在营养过剩的人们不是流行（Hiking）徒步吗？那就来个痛痛快快走个够！"

于是，五个村全民总动员，修起了全长 30 公里的几条栈道，硬是将五个渔村连在了一起，利用这里优美的海景、良好的气候，打造成号称"走向天堂（Hiking to Heaven）"的休闲度假胜地。从此以后，这里的游人越来越多，"走向天堂"享誉全球。

从这时开始，村里人再也不用靠打鱼谋生了，海上停放着的几条小渔船，只是为了讲述过去的故事。而过去的故事，像美丽的神话一样，吸引着四面八方来这里的人们；小小的渔船，永远是五渔村神话画卷的点睛之笔。如今，这里的人们靠着生机勃勃的旅游业，过上了幸福的生活。

可能是十一国庆节要到了，这个励志的故事让我产生联想：我国那么多渔村、菜村、果村、石头村等，是不是也可以试着解放思想，建成一个个风景这边独好、美好富裕的人间胜境呢？

到了"最美徒步圣地"，当然得过过徒步的瘾。不过，在有序的行走队伍中，也会有不搭调的人。大家一路走得正酣畅，忽听一个老美扯着大嗓门喊："Where is taxi?（出租车在哪儿？）"顿时，上千只眼睛一起聚焦锁定在这个"外星人"身上。我昨天眼见有几个女孩听说有一段修路不能行走差点哭了，而这老美居然要打的！真是个惹公愤的主儿！这不是进行曲中的不和谐音吗！

碰上几个同胞，问我哪儿能买到"思超薄瑞"，这是什么东西呀，我根本听不懂。一人见我如此呆傻，大声说"草莓"。我没好气地答道："你怎么不早说草莓呢！什么'思超薄瑞'……"他自

路转溪桥，
忽　　　见

信自豪地大声说:"思超薄瑞是草莓英语 strawberry 的直译,你连这都不懂吗?"我瞪大眼睛看着他们,瞬间无语,心想:今天还真碰上不少"外星人"。

外交部的短信

半夜，短信铃声把我们惊醒。先生阿童问："谁来的？什么情况？"我又困又烦不想多说，简单回答："外交部来的，没事！"

阿童一下坐起来，焦急地问："外交部找你干吗？快说说什么情况！"我说："外交部郑重提醒我已到意大利，要遵守当地法律，做个守法好公民。"

阿童顿时有些感动地说："赶紧把这段翻译一下发我，我要发给挪威外交部，让他们看看中国政府有多人性化。"

我本以为他会说外交部这是多此一举，人在国外，两眼一抹黑，忙着顾命还来不及，哪儿还顾得上找事？没想到阿童却觉得很温暖。

早上，我问阿童，你关心国家大事，消息多，有没有听到挪威人对中国游客有什么反应？阿童仔细想了一下，说："倒没听到什么负面消息，就是有人说中国人提的问题有点奇怪。一到酒店就急着要找热水和中国餐馆。"说完又问我，为什么中国人要喝热水？

路 转 溪 桥，
忽　　见

我听了哈哈大笑，要不怎么叫中国人呀！

我们旅行已一周了，当晚我就满大街地找中国饭店，为的是喝口热水，喝杯茉莉花茶，再听一曲在国外的中国饭店经常播放的邓丽君柔情歌曲，那真是最好的让身心放松的方式。

言归正传，现在我要郑重地报告外交部，我们是模范公民了。

由于我们这次住的是私人酒店，一大早我们就把房间和厨房打扫干净了。房东不在家，我们把她饭后的碗筷也洗涮干净了。阿童说："让房东看看我们好公民的卫生标准。"

晚上房东回到住所，感激得又是做蛋糕，又是送水果给我们。而我想要感谢的是外交部短信的郑重提醒。

路转溪桥，
忽见

你好，再见，意大利

Ciao，你好。Ciao，再见。意大利语 Ciao（音"吵"）这个词很好用。因为它可以译作"你好"，也可以当"再见"。

走在路上，满大街都是"吵（Ciao）吵（Ciao）吵（Ciao）"，真够吵的。十几天在意大利北部的旅游伴着这"吵吵吵"的声音，我开始喜欢上这个热情奔放的国家了。

伟大的罗马帝国的历史和文化传统，在时间的长河中被一代一代人学习、传承、发展，造就了今日意大利高尚的社会风气和大度的胸怀。就从这两年战乱中的难民大批涌入欧洲的情形来看，意大利和希腊是怨言最少、接纳难民最多的国家。在我这次走过的城市中，看不到本地市民对城里移民、贫民的蔑视，看不到贫民、移民对当地社会的不满，看不到富人的傲慢，看不到暴发户的炫耀蛮横。全民对宗教真诚的信仰，使这里形成了一个拥有多种人种、肤色和文化的和谐社会。

意大利从高档饭店到街头小店都有比萨饼（Pizza）。这有点像中国的米饭，只要是饭店就必须有。同样名字的比萨饼，食材

热那亚教堂

路转溪桥，
　　忽　见

不一样，味道却只是大同小异，但就因这小异，价格就不一样了。而这"小异"就要靠食材的选择和大厨的技艺来创造了。可以说比萨饼像寿司，品位在毫厘之间。

街边橱窗里陈列的衣服搭配，让我觉得件件适合自己，那永恒高雅的黑白配，真让我有一种疯狂一把的冲动。阿童在一旁不停煽风点火鼓励我，他过分的殷勤，让我有种"黄鼠狼给鸡拜年"的感觉。

冷静中我识破了他的阴谋，他的小心思哪儿能骗得了跟他一起生活了近 30 年的我？——等我买开了头他就会趁机而上，用十倍的疯狂给自己买。意大利的绅士装绝对让男人帅女人爱。立马抑制住自己的欲望，我可不想下个月喝西北风。

在去法国的火车上，我们和神父坐在一起。那真是零距离享受社交的优雅。

神父给我们看他新买的佛罗伦萨主教堂的画册，告诉我们画册又增加的新内容，然后拿出一大包上等的酒香巧克力请我们吃。我们馋得很，也不客气，真的就吃了。然后，神父静静地在我们身边看书，临下车，有礼貌地对我们说："Ciao，Ciao。"我们也赶紧回应："吵，吵。"

火车在前进，车厢中不停传来热情、快乐的"吵吵吵……"

我了解的挪威

1987 年我开始到挪威学习，在我看来，这个国家 30 年里最大的变化，是挪威人通过高频率地在世界各地旅游，打开了眼界，学会了包容，吸取了很多外来文化。今日的挪威，已成为一个国际化的国家。

1

记得第一次来挪威，感到挪威人很简单，容易相信人，对挪威以外的世界，尤其是欧洲以外的国家不是很了解。其实在那时，外国人对挪威也所知甚少，即使听说过挪威，也多认为是哪个国家的城市或首都。挪威人和外国人说话很谦虚，一说到挪威，习惯加上"挪威是个小国家"的解释性话语。

不要小看挪威这个所谓的"小国家"，它其实有着得天独厚的、丰富的天然资源。单拿石油来说，挪威是西欧最大的产油国、世界第三大石油出口国。除此之外，挪威的拳头产业还有造船、森林、渔业、水力发电等。

　　有钱虽好，但有钱办好事才是真好。国家政治和经济的稳定，促使挪威社会福利有保障。高工资、高税收的制度有效地平衡了贫富之间的差距。据我观察，挪威人为生活发愁的基本没有，失业率很低，一旦没钱、没工作就找政府。政府以保障所有居民的经济和社会安全为目的，也就是说，当人们因为各种原因而没有个人收入的时候，政府将确保他们获得基本必需品。同时，政府也以全民获得同等的教育和卫生医疗服务为目标，无论你居住在哪里，无论你收入多少，即使是很小的事，相关部门也会帮助解决的。

　　我刚到挪威时，曾住在一个我叫她"姥姥"的孤独老人的家里。一次我出差在外几天，回家后姥姥告诉我小偷来过家里。我连忙问："偷什么东西了吗？"姥姥严肃地说："我买的一盒点心被偷走了。"我心里直想笑，但还是表现出同情的样子。姥姥继而又笑眯眯地说："我报警了，警察来做了笔录。昨天警察专门给我送来一包点心。"我听着像个搞笑的故事。

　　挪威政府做决定一般很慢，要花很多时间广泛征求全民意见。然后来来回回根据这些意见修改、修改、再修改。一旦决定得到全民多数的最后同意，那就要不折不扣地去执行，绝不会因为有权有势的人有异议而动摇或改变。

　　2

　　在挪威的政府机关或各大公司里，大家都直呼领导或老板的

路 转 溪 桥，
忽　见

挪威奥斯陆雕塑公园

名字，绝没有因头衔拉开人与人之间距离的情况。曾听朋友说起：在电影院里看电影，国王和王后像普通人一样坐在他们旁边；在街上散步，还可能看到老国王在街上遛狗。

记得 1988 年，挪威电视台安排我和当时挪威的女首相格鲁·哈莲·布伦特朗进行面对面的对话，首相留给我的印象很深。她当时要访问中国，想事先通过和一个中国人的对话，传达一些她的想法和态度。采访的那天早上，记者们都到了，首相来得晚了一点。记者们一定和她很熟，半开玩笑地对她说，你怎么又迟到了？首相也大大咧咧笑着说，做了一下头发，所以就晚了。记者们说，你怎么总有理由！这在我看来真是不可思议！

有一次我带国企的几个客户到挪威一家大公司开会。会议中公司董事长进来和大家打招呼，当时中国的客户习惯性地马上站起来以示尊敬，挪威这边的人却一个没动，只是向董事长点点头，然后继续和客户谈话。董事长很不好意思，直奔向客户又是握手又是鞠躬，并连声抱歉地说："我马上要赶飞机，这次就不陪大家了，但还是想和大家说声非常欢迎你们。"两天后客户要离开挪威，董事长一大早赶到酒店和客户聊天，很有兴趣地听大家介绍中国的情况。我们临走时，董事长拿出一条毛毯送给我，感谢我这次带队辛苦了。我的那几位客户对此事感慨甚深。

3

挪威全国人口受教育的程度已经普及到研究生水平。小学至高中是免费教育，大学至研究生期间人人都可以申请国家低息贷款；如果大学不能提供给学生宿舍，国家会给学生住宿补贴，这笔费用是不用偿还的。

国民教育程度高，自然国民的素质就会高。我多次听到去过挪威的朋友夸奖挪威人热心助人，我自己也亲身经历过很多这样的故事。

有一次我提了很多的行李，刚满头大汗地走出火车站，有个过路的年轻人立刻上前主动帮助我，他提起我最大的行李，一直帮我提到酒店。得知这个酒店是个老酒店，没电梯，而我的房间又在三楼时，年轻人二话没说又径直帮我把行李扛到我的房间门口。正在我感动得不知对他说什么好时，他对我笑着说了声"再见"，便转身离去。

有一次清晨，我去上瑜伽课，街上基本没什么人，我前边走着个背大包的年轻人，看着背包不轻。突然，他困难地弯下腰，我有点好奇他要干什么，只见他捡起路边大概昨晚有人扔下的一次性咖啡杯和几张餐巾纸，然后继续往前走，直走到路口一个垃圾桶边才把手里这些垃圾扔了进去。路上当时除了我俩，再没其他人，他也并不知道我在离他几米的后边。可见在挪威，社会公德已深入多数人骨子中了。

又有一次，我和客户赶飞机，时间很紧张，当班机场大巴司机得知后，加快速度赶上前一辆班车，和司机说了我们的情况，再把我们送上前面的班车，毕竟他还要按他的行车时间走在后面。我和客户感动得稀里哗啦，没想到这里的服务如此贴心。

挪威中部的夏天

路 转 溪 桥，
忽　　见

4

提到挪威，人们马上会想到它的自然风光，北欧各国，当然数挪威自然风景最美。丹麦一马平川，平淡了些；瑞典有山，但那些山只能算作丘陵，缺乏应有的气魄；挪威的山挺拔雄伟，大西洋沿着长长的西海岸线从众多高山之间的缺口处直插进内陆，形成举世闻名的峡湾自然景观。"峡湾"一词的英文名称"fjord"也是从挪威语得来。

挪威有两个代表性城市，一个是首都奥斯陆，是挪威第一大城市，也是挪威政治、经济、文化、交通中心，挪威王室及政府所在地。另一个是卑尔根，坐落在西海岸陡峭的峡湾线上，是挪威第二大城市。卑尔根由于地理位置特殊，自古就有国际商业贸易传统，尤其是在挪威渔业与全球渔业交易市场中扮演着重要的角色。受墨西哥暖流影响，卑尔根雨水丰富，有着"雨城"之称号。卑尔根人很为自己城市的魅力和商业国际化的氛围感到骄傲。中国人常常这样形容这两个城市："奥斯陆就像北京，卑尔根就像上海，各有千秋。"

挪威还有一个城市不能不提，特隆赫姆，号称挪威第三大城市。如果说这个城市并不像官方广告所称的那样是"世界上最完善的城市"的话，至少也可以说它所处的地理位置非常得天独厚。它位于挪威西海岸中部，市中心位置刚好处于河流和峡湾汇合的地方，风调雨顺使这里土地肥沃，农林渔牧迅速发展。公元997年，挪威国王奥拉夫一世（约995年—约1000年在位）在与北欧海盗入侵英国时，认为欧洲的宗教非常好，能将社会团结在一起，于是他冒挪威天下之大不韪，将基督教引进国内，在他的家乡附近创建了这一城市——尼德罗斯市（由当地尼德河而得名），并建造了罗曼式和哥特式风格相结合的尼德罗斯大教堂。以后历代国王都在此加冕，于是市名后来改为特隆赫姆。挪威语"特隆"意为"王位、加冕"，"赫姆"意为"家"，合在一起就是"加冕之地"的意思。但大教堂至今仍沿用着"尼德罗斯"这个名称。

特隆赫姆市以挪威科技大学（简称 NTNU，挪威理工学院是它的前身）领衔，联合众多专业学院和科技创新研究院组成了挪威的教育重地。有人开玩笑地说："挪威科技大学里到处是国际情报间谍。"言外之意就是说这里在某些行业上的高科技是举世闻名的。

5

在奥斯陆和卑尔根之间有一条最美的旅行路线。在这条旅行线上，能看到高山上未融化的白雪和千年冰川，也能看到壮丽的峡湾和峡湾两旁气势雄壮的崇山峻岭，能看到从山峰上直下千里的万丈瀑布，也能感受旅游车在千米高的盘龙山道上盘旋而上的那种刺激。

坐落在挪威西北方的罗弗敦群岛也是天下的一个奇观。它似连非连，峡湾将它与挪威大陆隔离开，群岛像围墙一样孤独地横立在辽阔的海上，就像挪威人的性格一样，不怕孤独，勇敢无畏地担当着挪威大陆的海上前哨。岛上的景致则纯净得宛如世外桃源，高山上常年不化的上古冰川是经历了千百年的时光雕琢而成，只有在挪威大陆遥望它，才能看到它最美的全貌。群岛也是挪威深海鱼捕捞的重地，想品尝大西洋新鲜鳕鱼美味的游人，到了罗弗敦群岛可千万别错过机会。

旅行者若想要城市游，奥斯陆市的皇宫和皇宫花园、国家美术馆、国家剧院、爱德华·蒙克美术馆、维京海盗船博物馆、民俗博物馆、国家歌剧院，以及世上独一无二的维格兰雕塑公园和霍尔门考伦高山顶上银白色的像飞燕展翅般的跳雪台……这些都是在世界上别的城市看不到的。

卑尔根市的露天海产集市上，三文鱼、鳕鱼、海螃蟹、鲱鱼和马鲛鱼等海产品散发出大海的清凉味道，让过往的人顿感清爽无比，其肥美新鲜的色泽更是让人馋涎欲滴。市里海湾边是一排排五颜六色的 14 世纪前后建成的哥特式布瑞金木屋群，享誉世界的浪漫主义音乐家爱德华·格里格的故居就在离市里不远的乡村。卑尔根市高山上有能够俯瞰峡湾的观景台，站在那里，鸟瞰全市，风景一览无遗，尤其大西洋像舌头一样伸进卑尔根市造就的天然港湾，让游人感受到挪威豪放、大气、尊重自然的都市特点。人文和自然在都市中是你中有我，我中有你。

挪威的北极光和午夜不落的太阳也令人向往，欲睹为快。夏令时，在挪威北部的傍晚，太阳也仅仅是落于地平线的上方，继而又徐徐升起。这就是人们常说的"极昼"。听说有来这里看午夜太阳的游人曾向挪威旅行社提出疑问："为什么到挪威只看到一个

路 转 溪 桥，
　忽　　　见

太阳，而没有看到午夜的太阳？"他误认为挪威有两个太阳。这意见很像外国人到了北京说找不到"唐人街"一样让人啼笑皆非。

　　我曾听到挪威人这样对他们不知足的孩子们说："你们生在挪威，是中了人生的头彩，还有什么不满足的？"挪威人确实很幸福，在近些年的联合国年度报告中，挪威一直位列"世界上最幸福和适宜居住的国家"榜单前三名。

在挪威的慢生活

1

2016 年 3 月底，我从北京回到挪威，北京已是春意盎然，挪威还三天两头就是一场雪。雪花大，下得急，隔天就化，路面又湿又滑，真是不爽。不过，此刻正是吃挪威鳕鱼的季节，这是种很合我口味的鱼。

大半辈子吃食堂没好好做过饭，现在，我和先生阿童隔三岔五一起下厨房，没有条条框框，中式西式烹饪相结合。鳕鱼是一种没味道的鱼，用中式烹饪可惜了它的新鲜。今天我们做的鳕鱼，阿童用西式烹饪法，黄油煎，并且配上新鲜的鳕鱼肝和鳕鱼仔。加入鳕鱼肝我怕油腻，于是给它配了个中式蒜拍黄瓜，再加上三四个玫瑰香葡萄，起一个清新爽口的作用。只可惜没有二锅头，只好用爱尔兰威士忌助兴。一顿晚餐下来，酣畅淋漓，心满意足。

说起挪威的海鲜，享誉全球的自然要数挪威三文鱼了。我曾在挪威最大的三文鱼公司工作了近 20 年。从三文鱼的鱼子挑选，

路 转 溪 桥，
忽　　见

鱼苗的培育，进入大海前的疫苗注射，海上网箱人工智能的饲料喂养，饲料的营养配置，如何用最快的速度将冰鲜三文鱼送到世界各地的超市和饭桌上……这之间的每一个过程我都太熟悉了。

我这个中国人做中国饭还是个新手，但做各种各样的挪威三文鱼菜品，那可是没的说的老手了。

2

夏天是挪威一年四季中最美好的季节。从 6 月到 8 月，气温始终保持在 20~25 摄氏度，日照很长，我以为最惬意的是夜里 12 点还能坐在平台上喝点啤酒，看一本自己喜爱的书。

2017 年夏天，相识 35 年的好朋友来挪威看我。好朋友带来了好天气，整整一周蓝天白云，不冷不热。在挪威以"大自然之最美"而吸引世界各地游人的天地里，我们像 35 年前在内蒙古草原上给央视文艺频道拍音乐片一样，尽情重拾那时的天真烂漫，青春焕发。朋友一生走南闯北，去过世界上很多国家，临离开挪威时，她对我说："这是我迄今去过最美的地方！"我想她有这样的感受，大概是因为她来自中国大草原，对大自然情有独钟吧。

朋友走后，女儿有三天休假，我和先生阿童陪她到山里的湖边钓鳟鱼。

到挪威没滑过雪和到山里钓过鱼，那绝对称不上"深度游过挪威"。这两项运动能让人更深刻地感受到融进大自然中的那种万物皆空、唯有自然、超然物外的情怀。

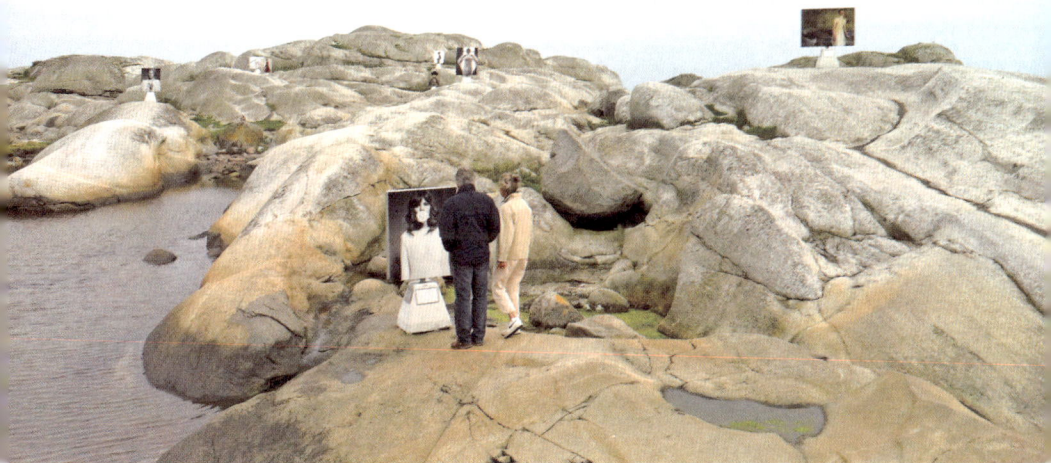

挪威南部岛上画展

山里的空气真好，晚上开着窗户，享受着自然空气的纯净，睡得像婴儿一样香甜。早上坐在室外，闻着花草的清香，喝杯咖啡，看本书，画张水彩画，大脑绝对处在意境和灵感之中。

早饭后我们去钓鱼，今天女儿开门红，没多久，便钓到一条鳟鱼。阿童惊喜万分，但仔细看了一下，觉得鱼还小，赶紧把它放回湖里。一度失望的我，突然钓到一条又大又沉的鳟鱼，我要使很大劲才能把它拉上岸。于是全家人被我的辉煌战果振奋，我们又充满耐心，静静等待。我和女儿虽有运气，但鱼钩总是卡在河里；阿童没运气钓到鱼，但他仍然很兴奋，给我们母女俩整理渔具，忙得不亦乐乎。

不管怎样，女儿学会了钓鱼的全过程，并认识了鱼的五脏六腑，知道了怎样把鱼清洗干净，怎样用黄油煎鱼和掌握火候，还懂得了在临出锅前要撒点黑胡椒粉和食盐，这鱼做得那叫一个鲜美。

3

午后的气温近 30 摄氏度，我们带着女儿漫步在挪威森林里。森林里的温度只有 20 多摄氏度，非常宜人。各种树叶已经成熟到盛夏的状态，满眼都是绿意盎然。森林里没有人，祥和安宁。这使我想到日本作家村上春树在《挪威的森林》一书中所写到的，当他在森林感到孤独的时候，他想对着眼前除了森林什么都没有的绿色大声叫喊。此刻我的眼前除了绿色再无其他，让我觉得也有一种冲动想大喊。可我的处境和他恰恰相反，我身边有个爱说话的阿童，天南海北地和我侃，如果我大喊，他和女儿都会以为我疯了。

从山里回来，我和女儿参观了在奥斯陆举办的现代艺术展览"中国的夏天"。十位中国艺术家展出了大量现代艺术作品。现代艺术经常让人看不懂，但中国的艺术家以他们人生的阅历，扎根生活的底蕴将现代艺术表达得很亲切，接地气，对未来提出的问题也很深刻。

画展归来欲和女儿大吃一顿，她想吃中国饭。我们找了一家广东点心店，吃得很开心。剩下的饭菜，她承袭中国不浪费的好传统，全部打包，高高兴兴地带回宿舍去了。

回家的路上，看见阿童和他的发小在露天餐厅喝啤酒。上前打了个招呼，男人们在一起就爱谈论些国家和世界大事，我话不投机就告辞了。阿童见状赶紧说："我马上回家。"我说："别急着回家了，时间还早，拯救世界要紧。"话音刚落，引来了一片笑声。

巴黎插曲

　　法国以巴黎为代表，将世界各国的文化风情都包容其中。巴黎是世界上最早提供给人类，没有种族歧视，只有艺术与时尚的殿堂。雅俗共赏的《红磨坊》，灯红酒绿的酒吧，莺歌燕舞的都市夜生活，让世人不禁发出"活就要活在巴黎"的慨叹。

　　2016 年 12 月 31 日，我和先生、女儿坐火车去巴黎。整个火车座无虚席。距离巴黎还有一小时的路程，车厢里已开始沸腾了。这时已是晚上 10 点多，新年的钟声即将敲响，女人开始化妆、换衣服。男人殷勤地帮助女人把行李架上的行李箱、化妆包、首饰包拿上拿下……

　　火车一进站，车上和车下接站的人便开始快乐地大声喊叫。女儿马上就被她在巴黎学时尚的发小接去参加新年派对了。临走前女儿的发小特意告诉我们：今晚全市地铁免费。我和先生阿童赶紧在地铁里跑上跑下，找通往埃菲尔铁塔的地铁线。地铁里人们唱歌、弹琴、跳舞、喝酒……新年派对已经从这里开始了。

　　巴黎就是巴黎，尽管到处都是荷枪实弹的警察，好像处在一

埃菲尔铁塔

级战备状态中，但这座城市永远沉浸在"活在当下"的浪漫里。

我的小插曲也从这里开始了。

奔走在地铁通道里，我突然感觉有人在拉我的背包。回头一看，是个年轻人，长得还挺帅。他见我看到他，就赶紧往回跑。我意识到可能遇上小偷了。

我脑子里飞快地回忆了一下背包里的东西，除了书和旅行计划，没有什么值得偷的东西。于是，我放心大胆继续往前跑。此时，离新的一年不到 20 分钟了，时间对我们很宝贵，我们计划一定要在新年钟声敲响前赶到埃菲尔铁塔前，迎接 2017 年。

没跑两步，我下意识地感觉到那个人又在我后面。我真的生气了，猛一回头，想骂他两句。年轻人见我一脸怒气，赶紧又往回跑，边跑边用法语对我喊："您好吗？祝您新年愉快！"看着他嬉皮笑脸的样子，我觉得好逗，哪儿有偷东西吃回头草的？不过算他今天走运，我这会儿没工夫理他。跟我一同奔跑的阿童这时注意到有情况了，他对我大喊："你的背包链被拉开了！"我脚步都没停，对他说："没事，包里没什么，快走吧。"

我们找到开往埃菲尔铁塔的地铁，挤进车厢里，终于松了口气。我突然想起出发前阿童送我的银酒壶，我把它放在了书包里。我脑袋一下就大了，也顾不上左右拥挤的人，开始在背包里一通翻找。

太令人失望了，背包里没找到酒壶。一路上，阿童开始唠叨这酒壶是他爸给他的，他多么爱它，现在花千金也买不到这样好的酒壶。

我心情坏透了，后悔当时没抓住那小偷。从埃菲尔铁塔回到酒店，已经是新年钟声敲响后的 2017 年了。丢了酒壶不说，更遗憾的是也没有酒助兴了。

　　我扫兴地开始整理行李和背包。突然间，我发现了酒壶，它被放在了背包最靠身体的兜里。没想到我这个粗心大意的人，能把酒壶放得么好，别说小偷，就连我自己都差点找不到。于是，我们的心情又好起来了，我和阿童喝着小酒，说起刚刚在地铁里遇到的小偷，一偷再偷，偷不着也逗你玩一下，巴黎就是巴黎，连小偷都浪漫。

枫丹白露

　　到了巴黎，千万别错过枫丹白露。这处名胜融优美的自然风光，精美的建筑、绘画、装饰艺术于一体，令人目不暇接，堪称欧洲的一颗明珠。也曾听说这里是拿破仑最喜欢的宫殿。有了拿破仑对这里眷恋的光环，凡尔赛宫都显得有些逊色了。

　　20 年前，我在深圳住过一个叫"枫丹白露"的酒店。当时觉得酒店的室内设计很舒适别致，再加上"枫丹白露"这个好听的名字，让我很好奇。于是，我在互联网上搜索这个名字，才知道原来是由法国枫丹白露宫殿而来。这个清爽而带神秘色彩的中文名字来自伟大的散文家朱自清先生的翻译，他将法语词"Fontainebleau"的语音直译成中文，而在选择中文名字时，精心挑选了"枫丹白露"这四个颇有诗意的字，把原法语词的含义也诠释得更加美妙了。风流才子徐志摩先生将"Fontainebleau"译为"芳丹薄露"。两个翻译，一个意更美，一个音更近。但人们常用的中文翻译还是朱自清先生的"枫丹白露"。

　　2017 年的第二天，我和阿童坐火车经过约 30 分钟的路程，从巴黎来到向往已久的枫丹白露宫殿。

法语"Fontainebleau"的中文意思为"美丽的泉水",因当地泉水很多而得名。12世纪,国王路易七世在泉边修建了城堡,专供打猎休息使用。1530年前后,酷爱意大利美术的法国国王命人将这幢中世纪式样的猎苑居宅城堡扩建为一座豪华的宫殿,也就是现在的枫丹白露宫。

为了建造别具一格的枫丹白露宫殿,法国国王特意邀请了当时最有才华的画家、建筑师和室内装饰师,共同来参与宫殿的建造。建筑完工后的宫廷,内外的装饰形成了一种个性鲜明的艺术流派,被后人称为"枫丹白露派"。枫丹白露派在建筑造型上注重线条韵味,追求技巧完美,具有浓厚的贵族化气息。在宫殿的庭院和室内装饰方面,他们受意大利样式主义风格的影响,别出心裁地用离奇的人像柱或者粗拙的石料墙、泥灰雕塑作为点缀,表现出与意大利盛期文艺复兴建筑迥然不同的风格,对北欧各国的建筑装饰及建筑美学发展产生了深远的影响。

枫丹白露宫建筑群由古堡、宫殿、院落和园林组成,其中常年开放的馆舍有三间:文艺复兴大厅、皇帝寝宫及拿破仑博物馆。在拿破仑博物馆可以看到拿破仑家族的各种人,比如他的母亲、兄妹和远亲近亲的肖像,他们都被冠以上层社会很高的头衔。这大概就是中国所谓的"一人得道,鸡犬升天"吧。

枫丹白露宫殿装潢华丽但不庸俗,每一个细小的地方,如屋檐一角、每道门的雕刻等,都设计得完美无缺,独具匠心。从建筑艺术上看,枫丹白露可以说是法国古典建筑的杰作之一,各个

路 转 溪 桥，
　忽　　见

时期的建筑风格都在这里留下了痕迹。

这座宫殿坐落在一片 170 平方公里的森林中，风景优美，气候宜人。1981 年联合国教科文组织将枫丹白露宫及其花园作为文化遗产，列入世界遗产名录。

我和阿童去枫丹白露宫殿的那天，正下着小雨。我们在雨中行走在皇宫的花园里，我脑海里响起美国歌舞剧《雨中曲（Singin' in the Rain）》中的同名插曲。记得舞台上的主人公在雨中唱歌的时候，还打着一把黄伞。此时我眼前的宫廷花园湖边，有一群白天鹅，不知是谁在岸边给它们撑起了一把黄伞，这雨中情调简直太美了。我不由得模仿着片中的演员，边走边唱，手舞足蹈……

我一直认为：现在的酒店或建筑若敢使用"枫丹白露"这个名字，那么一定是室外和室内装饰有其独到之处。否则，岂不是"盛名之下，其实难副"吗？

离开枫丹白露宫殿，已到晚饭时间，街上饭店很多，我们正不知选哪家好。突然，街对面一家小店门上挂着的有中英两国文字的招牌吸引了我的注意：英文，"Chinese Food"；中文，"枫丹白露中餐外卖店"。一时，那亲切熟悉而又任性的文字让我惊讶、无语……

法国葡萄酒

　　来到法国，就不能不了解法国葡萄酒。在法国南部，一路上到处都是葡萄园。

　　昨天，我和阿童报名加入了一个小旅游团，参观葡萄酒庄。集合前，老天不作美，突然下起雨来，结果只有我和阿童准时赴约。遵守纪律的人总是幸运的。集体旅游团变成了一次私家游，我们独享了导游和旅游车。

　　第一个酒庄有 300 多年的历史，在法国著名作家大仲马《三剑客》的小说中，提到这个家族的人曾任职国王的财务大臣。这位财务大臣在为国王搜罗钱财打仗的同时，自己也顺手牵羊贪了不少。好在他总算没把钱财挥霍掉，而是用这笔赃款开创了自家的家族事业。

　　常说富不过三代。但这个家族很了不起，从 17 世纪初一直坚持到今天，久盛不衰。家族庄园还起了个中文名字，叫"福楼日阁堡"。

　　我还是第一次这样奢侈地品酒，几十瓶好酒摆在眼前，品一

法国波尔多葡萄酒博物馆

路转溪桥，
　　　忽　见

口吐一口，倒了剩酒换新酒。导游在一边用英语细细给我们分析不同酒的不同味道。品酒的时候遇上喜欢的味道，我常常吞下几口，不一会儿酒精让大脑兴奋了，于是聊天的兴致上来，各种问题，哪怕自己都觉得很傻的问题都借酒壮胆敢于问出来，这样一下了解了很多关于葡萄酒的知识。

我以前以为不同的酒之所以有不同的味道和力度，能配合不同的佳肴，是在酿酒时加进了不同的佐料之故。到这时才知道，这完全是因为它们是在不同地方、不同温度、不同时间，由不同品种的葡萄酿出来的。

品尝美酒的时候，一定要带上想象力。比如你可以想象这酒像年轻纯洁的姑娘一样温柔可爱；也可以想象这酒像千里马一样能马踏飞燕。喝酒时就是要让思绪自由翔翔，在一口一口对酒的品味中，寻找你的诗情画意，放飞你的想象力。这也是为什么酒总和诗人、作家、艺术家分不开。

第二个酒庄老板的特点是喜欢收集绘画作品。许多名画家给他的酒桶作过画，这些都成为他的挚爱收藏。听说这家酒庄的酒已进入上海市场。冲老板这小资情调，就很对上海人的口味。

几个小时的品酒聊天，我学到很多，晚餐可以头脑清醒地选酒了。也记住导游说的："不是年头久和价格高的酒就一定好。好的意义是适合你当时的情绪、时间、环境和选择的佳肴。"

带着这次对葡萄酒基础知识的了解，我和阿童又去了一趟法国波尔多市。提到法国葡萄酒，大多数人都知道波尔多葡萄酒。波尔多地区不仅酿造各种各样口味的葡萄酒，市区还有一个让人说不出有多过瘾的超现代葡萄酒博物馆，法语名称叫"La Cité du Vin"。博物馆于 2016 年 6 月正式对外开放。光看博物馆的建筑外形，就让人联想翩翩，它连绵、圆润而灵动。博物馆内拥有 20 个主题展厅，使用各种现代多媒体技术，让人在时空穿越中探索葡萄酒发展的历史、现在和未来。

参观过后，每个人对葡萄酒的热爱再掀高潮。博物馆的人自然很了解参观者的心理，他们会热情邀请每个参观者到博物馆的空中酒吧，从众多葡萄酒品种中，挑选一款自己最爱的免费品尝。参观者们一而再再而三地被葡萄酒的历史、酿造过程和美味所迷倒，都恨不得要向上天发誓，今生今世，都要做葡萄酒最忠实的粉丝。

爱葡萄酒的朋友们，有机会一定去参观一下这个独特的葡萄酒博物馆，保证你们不虚此行。

走进酒吧

这些天，我和阿童都在旅行的路上。由于法国之行让我们对葡萄酒的理解和喜爱日益加深，在等车和休息的时间里，我们常常走进酒吧。

1

关于"酒吧"这个名字出自哪里，说法有很多。有人说来自早期的美国西部，那时人们都是骑马而来，所以酒馆老板就在酒馆门前设了一根横木，用来拴马；横木在英文里念"bar（吧）"，人们索性就把酒馆翻译成了"酒吧"。但也有人说"酒吧"名字的出现时间还要更早，因为"bar"在英文中也当长木板讲，吧台都惯用长木板做成。不管怎么说，如今"吧"这个字成了一种时尚，人们喜欢用"吧"来说事，什么网吧、小说吧、贴吧、寿司吧、拉面吧、饺子吧……五花八门的"吧"各领时代的风骚。

我和阿童很钟爱酒吧的爱尔兰咖啡（Irish Café），也就是我们常说的"鸡尾酒"。在天气寒冷的日子里，喝杯含有酒精的热咖啡，是很惬意和提神的。爱尔兰咖啡在世界不同国家和风格的酒吧里都能喝到，但不同酒吧调配出的味道略有不同。我们在爱尔兰首都——都柏林市喝的爱尔兰咖啡里奶油很浓，简直就是将一块甜奶油泡在咖啡里，对我来说有点油腻；但可以理解，因为英伦三岛多雨而潮湿的气候使人需要一些高能量的饮料。在法国喝的爱尔兰咖啡比较对我口味，奶油虽不少，但都搅拌开了混在咖啡里，很香。在美国喝的爱尔兰咖啡很摇滚，豪放简单，在加奶的咖啡里直接倒进分量较多的爱尔兰威士忌，让我一口喝下，就感到酒精冲上了头。

　　酒吧音乐多数都有很高品位，爱尔兰酒吧的音乐除了独具特色、世人都喜爱的爱尔兰音乐外，还常有蓝调爵士乐和现代流行的乐曲。这些乐曲加入摇滚、拉美桑巴和伦巴的节奏，很能让人借酒兴奋一下。其次，酒吧的室内设计也会有独自的个性彰显。有时从某些个性的彰显中我们能隐隐看到女儿绘画的影子，这会勾起我和阿童对她的思念。

　　传统英式酒吧分里外间，里间较绅士，外间豪放，自己对号入座吧。在只有一间屋的酒吧，我看到那些摩托车俱乐部的彪男壮女们会坐到酒吧外，尽管天气很冷，但这正是他们表露豪放、勇敢特性的好机会。我记得有间酒吧墙上写着"别喝奶了，喝啤酒吧"，想想真有意思。

法国卡尔卡松城镇酒吧

2

在 20 世纪 90 年代初期，每次听到一起工作的挪威同事们谈到他们的老婆或老公是在酒吧认识的，我总觉得不可理解，心想交朋友这样严肃的事情，怎么能在酒吧那种借酒消愁或借酒撒欢的地方进行？即使那时我已经在挪威学习工作了几年，但去酒吧消遣是连想也没想过的事情。国内传统的教育，对于去酒吧的人，尤其是女士，是有偏见的。

1987 年临出国前，听说文艺界一些歌星、舞星开始出没在北京屈指可数的几家对外开放的大酒店酒吧里。当时我在中央电视台文艺部任导演，领导还提醒我，这些泡吧的演员是不能上央视文艺节目的。由于这些泡吧的演员里有我的好朋友，我还曾悄悄问他们干吗要到那种地方去。他们说："就想练练外语和体验一下酒吧的氛围。"听他们这样一说，我心里也痒痒的，想去泡泡吧。因为对我们这代人来说，酒吧的出现很新鲜，年轻的时候，谁又没有一颗亚当或夏娃的心，越不让做的事就越想尝试一下呢？

1996 年我回国后，听说三里屯有了酒吧一条街，出于好奇，约朋友和姐姐去酒吧坐坐。没想到那家酒吧音乐巨响，震耳欲聋的音乐不是快感刺激，而成了残忍折磨。当时酒吧里的人也五花八门，有些穿着打扮很前卫，像我们这样衣冠死板不入流的只有零星个把。没待一会儿，我们觉得很没趣，也被吵得忍无可忍，落荒而逃。

酒吧文化在中国的历史并不长，但是 20 世纪 90 年代后发展迅速，可以称得上是遍地开花。中国在改革开放的道路上跑得很快，对很多外来的事物都是先搬进家门，再慢慢因地制宜地把它们改变成适合自己的东西。当年酒吧常常在某条街、某个区域扎堆，但各个酒吧的个性的确形成一种很反叛、很"新文化"的释放，是对生活在城市的年轻人"三点一线"的单调生活方式的一种调剂。

酒吧这种以释放压力为目的的新文化形式像雨后春笋，悄悄地且越来越多地出现在中国大都市的各个角落。曾经，大众认可的是在茶馆和酒楼听传统戏曲、品茶和酌酒的茶楼文化；但随着时代的变迁，人们对音乐取向的改换，越来越多的年轻人则选择了酒吧文化。

3

1996 年以后，我在接触国内客户的过程中，明显感到大家对酒吧不再谈虎色变，一天紧张的工作结束后，都有到酒吧放松一下的需求。客户们到挪威来，晚上公司的人都要带他们到城里的酒吧喝一杯，而且是在每个酒吧里只待一杯酒的工夫，然后再换一个吧。每到一个不同风格的吧，都让大家又得到一次新的兴奋。

挪威的酒吧文化是深入民众中的，国家本来人口就少，再加上寒冷的冬季很长，日照很短，人们需要有地方交流，去酒吧聚一聚聊聊天，有点像小鸟出笼。我自己也慢慢感到酒吧确实是个好地方，温馨有人气，喝点酒兴奋起来，胆子也大了些，畅所欲言的聊天情绪就来了。

现在女儿大了，听她说和朋友们周末聚会有时也去酒吧，听听音乐，再认识一两个新朋友。女儿有自己钟爱、适合她个性的酒吧，那是奥斯陆市里一个老牌的爱尔兰吧。没想到她老爸在挪威和爵士乐票友练琴后，也会到那家酒吧喝杯啤酒再回家。我应女儿的邀请，也到那家酒吧去泡了一下午。酒吧的服务生都很年轻，上至博士毕业下至大学毕业，知识广博又风趣，能和客人天南海北地侃谈。即便是想借酒消愁的人到了那里，也会被这些年轻人快乐的情绪感染。

挪威是个高消费的国家，为了控制民众过度饮酒，将酒吧的税收提得很高。税收高，消费自然也高，对普通消费者来讲也不低，更别说半工半读的年轻人。女儿告诉我，他们去酒吧前都会在家里先喝些酒让身心抖擞起来，在酒吧里只买个最便宜的饮料，然后一待就是好几个小时。我和阿童听后哈哈大笑，我说："如果酒吧里都是你们这样的客户，离倒闭也不远了。"

女儿工作的办公室离她喜欢的酒吧很近，现在不仅她喜欢去这个酒吧，她的同事们也喜欢去，下班后大伙儿常结伴，冬天去吃碗热气腾腾的爱尔兰式羊肉炖土豆，夏天去喝杯可乐或啤酒，一起聊聊当日工作中发生的事情，然后再回家。日久天长，这已成为他们生活中的一部分。看着女儿一天天地健康成长，我也就不再少见多怪，没完没了嘱咐她了。

4

酒吧文化历史源远流长，酒吧遍及五洲四海各个角落，只要是有人群的地方，就少不了酒吧。即使在天上飞翔的有些空客也常设有酒吧，比如"A380"上的酒吧便不失其独特的空中个性。中国的酒吧文化发展虽晚，但有后来者居上的势头。北京、上海、广州、深圳、重庆、成都的酒吧，其装饰风格的新颖，类别的多样化，令很多世界级别的老吧们都刮目相看。当今，世界正在进入全球化，中国正一天天融进全球化的世界中。我们自信能捍卫住自己的文化，但也能包容和学习中国以外的文化，并做到因地制宜、推陈出新。

我突然心生一个主意，下次老同学们聚会，何不去一次很多我们这代人从没去过、也从没想过要去的地方——酒吧？常说想做的事情永远不晚，享受当前再努力吧。

法国南部一瞥

　　法国南部受地中海一带国家文化风情的影响，街头的露天咖啡馆，物美价廉的葡萄酒，随意营造的艺术沙龙酒吧……比比皆是，每个地方都像少女一样不停地在追赶美的时髦，更换着自己的着装。

　　到了法国南部，一定要找机会到卡尔卡松（Carcassonne）看一看那里的古城堡。从法国尼斯坐火车四个小时即可到达卡尔卡松古城。下了火车，步行 20 分钟就穿过了城镇，一出城镇，马上可以看到城外耸立在山顶上的卡尔卡松古城堡。从山下看城堡，首先给人一种巨大的视觉冲击力，那不是一座城堡，而是一片城堡群。以我贫乏的知识，很难形容城堡的建筑艺术，只感觉它在这里演绎出了人类智慧的伟大和完美。

　　据记载，约 2500 年前，卡尔卡松就已有人类居住，并很快成为交通要道。古城堡初建于 12 世纪，整座城堡全是用巨大坚固的岩石块堆砌而成，三道城墙防御，外加两道护城河，真可谓铜墙铁壁，坚不可摧。

　　这个古城堡让我想到中国的山西平遥古城，虽然东西方建筑风格迥异，但它们的宏伟气势对我的震撼却是相同的。1997 年，卡尔卡松古城堡被联合国教科文组织列入世界级文化遗产名录。

古堡还流传着一个动人的故事。据说在中世纪的一次宗教战争中，国王不幸战死，年轻而美丽的王后接过帅旗，与城内所有居民坚守城堡三年，几近弹尽粮绝。最后，为迷惑围城的敌人，王后让城里最后的一头猪，吃掉城里仅有的一把稻谷，随后命人把猪从城墙上扔到城外。围城敌军看到从城堡上掉下来的猪，居然肚子里还吃饱了粮食，顿时对战局产生了绝望感。最后的生死一搏中，王后带领她的臣民冲出城堡，奋力拼杀，终于打退了围城的敌人，获得了最后的胜利。为了纪念这位冰雪聪明的王后，人们在古堡的城门处竖立了一尊王后的永久性雕像。

参观完古堡，我和阿童随意走进卡尔卡松这个古老的城镇。傍晚时分，晚霞烧红了天边，有的像高大的骏马，有的像身穿盔甲的士兵。走在用碎石子铺成的狭长的古老街道上，我仿佛听到遥远年代战火纷飞中的马蹄声声。街道两边都是装饰精美的小商铺，所售商品主要以服装、首饰和诱人食欲的甜点为主，典型的女人街。空气中散发出咖啡和烘烤蛋糕的香味，让人顿感饥肠辘辘。

在火车站附近，我们找到一个看起来很舒适的法国饭馆。老板是个 50 多岁的老帅哥。在我们等菜的时候，他大概是想找话和我们聊聊天，走到我们面前。窗外正好有个女人经过，他看看这个女人，微笑地对我们说："女人就像鲜花一样。"我看着他的表情，感觉他的赞美是发自内心的。常听说法国男人容易动情，对美丽的事物，尤其对女人从不吝惜赞美。我想这里的男人一定对

卡尔卡松古城堡

路 转 溪 桥，
忽　　　见

女人情有独钟，他们从小伴着卡尔卡松城堡王后的故事长大，女人不论在哪个年龄段都是他们心中最美的鲜花。

有人曾这样形容法国东南部的普罗旺斯地区："那里的光和风，那里的大地给人间万物带来的和谐生命，那里的人类与自然共同打造出的美，使整个地区光芒四射，风情万种，让人流连忘返。"

比如，艾克斯和阿维尼翁两个城镇。地方虽小，但很有名气，两个城镇相邻，一般游人到法国南部旅游都会选它们。

艾克斯地区被明媚的阳光和碧蓝的大海勾出的美丽光影，城镇悠闲的情调，夏季一望无际的紫色薰衣草，吸引了古今中外的艺术家们来到这里，流连忘返。这里随处一看都是一幅美景。我在街头看到一个姑娘在专心写生，她随意盘起的长发和一身颜色搭配得当的穿着，本身就构成了一个写生的美好主题。周末的街上，更是充满了生活中各式各样的幸福惬意瞬间。每个瞬间都像是一首诗，一支歌曲，一幅多情浪漫的画。

艾克斯有条小街并不起眼，但街道是用居里和居里夫人的名字命名的，因为居里和居里夫人曾在这条街生活过。居里夫人是我上小学时最喜欢的科学家，她对人类科学事业全身心地奉献，使她的科学成就造福于人类后代。想一想人在大千世界中是多么渺小，但就是有人能做到伟大和轰轰烈烈。居里夫人就是这种人的代表。

可想而知，当我看到街名时有多惊喜，我不由自主地在这条小街来回踱了几趟，边走边回忆着居里夫人的感人故事。

不知为什么，14世纪，罗马教皇搬迁到阿维尼翁城镇。于是，一场权力与金钱的搏斗，在皇室和教会之间持续了近百年，也使

阿维尼翁教皇宫

阿维尼翁一度成为宗教中心和世人朝拜的地方。教皇宫外观雄伟庄严，总面积1.5万平方米，由旧宫和新宫组成，带八座耸入云霄的塔楼，内部似一座迷宫，大殿小厅相连，廊道迂回曲折。旧宫朴实无华，新宫富丽堂皇，两者风格迥然不同，但在建筑风格上都受罗马式建筑风格影响。历史上共有七位教皇在这里住过，充分显示出教皇宫的神圣和威严。1995年阿维尼翁以"历史城区"之名被列入世界文化遗产名录。

著名的"阿维尼翁艺术节"于1947年开始举办，是法国历史最长、影响最大的艺术节之一，每年七八月在阿维尼翁市举办。举办艺术节的目的是努力使戏剧摆脱"高雅艺术"的桎梏，使之成为一种大众的艺术形式。如今，艺术节的声誉与日俱增，影响和规模日益扩大。

1909年年末，西班牙著名画家毕加索创作的具有重大意义的作品就是《阿维尼翁的少女》。毕加索断然抛弃了对人体的真实描写，整个人体利用各种几何化了的平面组合而成，这一点在当时的人们看来，是对神的一种亵渎行为。这幅画既受到塞尚的影响，又明显反映了黑人雕刻艺术的成就，强化变形，其目的也是增加吸引力。毕加索说："我把鼻子画歪了，归根到底，我是想迫使人们去注意鼻子。"《阿维尼翁的少女》不仅是毕加索个人创作生涯的转折点，也是人类艺术史上的巨大突破。要是没有这幅画，立体主义也许不会诞生。所以人们称《阿维尼翁的少女》为"现代艺术发展的里程碑"。

在离阿维尼翁城镇不远的罗纳河上，有一座永远没法完成的断桥，又为这座城镇增添了一层神秘莫测的色彩。

芒通柠檬节

当中国的农历节气宣告春天到来时，芒通——这个地处法国东南角、和意大利咫尺相邻的小镇，以自己当地的特产柠檬作为迎接春天到来的庆祝活动主角。从1928年开始，每年的2月以柠檬来庆祝春天的到来，已成了芒通特有的节庆习俗。久而久之，芒通的柠檬节被世人所知，成为世界上独一无二的节日。

柠檬本身是一种营养和药用价值都极高的水果。柠檬中含有丰富的柠檬酸，被誉为"柠檬酸仓库"。用鲜柠檬泡水喝对身体也有益。我最早接触柠檬是在20世纪80年代出国后在飞机上，我发现飞机上提供的金酒里总会放进一片柠檬，这让金酒味道很清新。英国的红茶中加一片柠檬也很美味。后来我发现西方人在正餐、甜点中也常常使用柠檬，提味效果都很好。时至今日，柠檬的用法越来越普遍和多样化。

芒通气候得天独厚，盛产柠檬和柑橘，大街小巷基本都种满了柠檬树和柑橘树。到了果实成熟的季节，很多柠檬和柑橘落到地上，镇上的人都不稀罕去捡它们。柠檬节期间，镇上需要动用

芒通柠檬节

路 转 溪 桥，
忽 　 见

300 多名专业人员，用 100 多吨柠檬和柑橘来搭建柠檬节公园。每年的庆典，不仅会介绍柠檬，而且还另设一个主题，所有的活动都围绕这一主题展开。我记得 2014 年第 81 届柠檬节的主题是"海底两万里"，取自法国科幻小说家儒勒·凡尔纳的代表作《海底两万里》；2015 年的主题是"中国文化"；2016 年的主题是"意大利电影历史和作品"。

我有机会参加了 2016 年的芒通柠檬节。中国人对意大利电影太熟悉了，像《警察与小偷》《偷自行车的人》等都是我们那一代很喜欢的电影。当时参观的游人从世界各地赶来，在春天风和日丽的阳光下，欣赏着用柠檬和柑橘搭建出的意大利经典电影剧照，有电影《甜蜜的生活》《白夜》《木偶奇遇记》……游人无一不为园艺工人鬼斧神工般的手艺所折服。公园里到处散发着柠檬和柑橘的清香，意大利电影浪漫、快乐和诙谐的音乐轻轻萦绕在游人耳边，那一瞬间，生活的美好溢满身心。

节庆期间，每天的游客潮水般涌到小镇上，而镇上在组织和安排上都有条不紊。游人参观的费用收得合理，饭店酒店也没有趁机漫天要价；镇上的电影院每日免费播放意大利经典影片；博物馆全部免费开放，介绍各类品种的柠檬，以及柠檬带给人类的益处。

白天，街上整天都有绚丽多彩的化妆表演游行，一列列法国美女、帅哥翩翩起舞，簇拥着用柠檬和柑橘搭建的各种彩车，让路边观赏的游人大饱眼福。

晚上，礼花燃放在地中海上空，还有令人眼花缭乱的彩灯表演。天上五彩缤纷的礼花倒映在月光下碧波粼粼的海面上，和人间的彩灯交辉媲美。此时此刻，天上人间的美丽连为一体。人们三五成群坐在海边，喝上一杯法国香槟或红葡萄酒，沐浴在春风拂面的温暖中，品味人生的美好。

利用柠檬节的机会，当地政府和商家齐心协力向从世界各地来到芒通的游人推出芒通的特产：柠檬酒，柠檬蜂蜜，柠檬夹心饼干，柠檬香水，柠檬肥皂，柠檬香料包……所有能吃、能喝的产品都让购物者们先品尝。我一般最不爱吃小饼干一类的甜食，由于销售小伙子实在太殷勤，才不太情愿地尝了一块。品尝完之后，发现味道真是不错，我立马就买了三盒。小饼干装在设计古典、高雅的点心盒里，虽然有点贵，但真是适合送给亲朋好友的礼物。买完后，我就有点担心了，我知道阿童特爱吃这类食品，这么好吃的东西，他能一口气都吃光。我必须想办法把这些小饼干藏好，平安带回北京给我的亲朋好友们品尝。

小镇用近百年的举办经验，一年比一年推陈出新的想法，使柠檬节经久不衰，越办越好。有形资源、无形资源在小镇政府和居民的团结努力中得到充分利用，给游人带来了幸福的享受。

一年之计在于春，春天的生机盎然推动着我们在新的一年里争取更大的胜利。芒通柠檬节是一个好的开始，给人希望，把春天和生活的美好注入人们心中。时至今日，每年芒通柠檬节期间，我都要回味一下那年、那时、那刻的美好，用这美好的心情祝福朋友们新春快乐！在新的一年中顺利、平安！

路转溪桥，
忽见

巴尔干半岛的国家
——克罗地亚共和国和斯洛文尼亚共和国

克罗地亚十六湖

多少年来，我一直想去九寨沟。但九寨沟的风景有季节性。当她美丽的时候，去欣赏的人太多，人们蜂拥而至，不胜其乱。有朋友推荐说，克罗地亚共和国有个"十六湖"，风景能与九寨沟媲美，而且不同的季节有不同的美。2015 年，我和阿童慕名来到克罗地亚国家公园，也就是人们俗称的"十六湖"。

传说几千年前，由于地壳的变化，火山和地震把大地从中劈开。当震撼的地心之火向外喷发时，鬼斧神工地把这里的山川筑成了十六层。山顶的雪水、雨水一泻千里，在每层之间各形成了一个湖，湖与湖之间，还形成了千姿百态、气势不同的瀑布，这就出现了今天的"十六湖"。

这里的瀑布让你目不暇接，在你的头上脚下、前后左右奔涌

路 转 溪 桥，
忽　　见

着，湖水从每层之间的岩石缝隙中喷出，飞溅出滚雪般、珍珠似的水花，令人惊叹。面对大自然的神奇造化，我想到母亲产前的阵痛和新生命诞生的一刻；自然界的变化和人类繁衍的过程，都使宇宙充满了奇迹和奥妙。

十六湖水清见底，湛蓝的湖色在阳光下变幻莫测，岸上的松杉树影，倒映湖中，披绿挂翠，墨沉湖底。十六湖像带有魔力的宝石，吸引着世界游人的目光。这里一年四季游人如织，有抱着出生不久的婴儿的人，有坐着轮椅的人，有拄着拐杖的人，有年迈的老人，有拍婚纱照的情侣……无论身处人生中的哪一个阶段，谁也不愿意错过这一人世间的奇佳胜景。

我和阿童也爱上了这个风景胜地，在这个仙境般的公园里从早走到晚，走了两天还不忍离去。我们惊喜地发现：在这里，从没看见过一丁点有损生态环境的旅游垃圾。来到这里的游人都不由自主地表现出对大自然的尊敬。那些爱发呆、爱拍照、爱写字、爱走路的朋友们，快到这里来吧！这里不会令你失望，将给你留下难忘的美好记忆……

萨格勒布市

离开十六湖，我们走进萨格勒布市。萨格勒布市位于克罗地亚的西北部、萨瓦河西岸的梅德韦德尼察山脚下，是克罗地亚的首都，同时也是克罗地亚政治、经济和文化中心。

萨格勒布是中部欧洲的历史名城，由三部分组成：教堂、市政厅等古建筑组成的老城，广场、商业区、歌剧院组成的新区和二战后发展起来的现代市区。这个城市拥有马可·波罗的故居、布里俄尼群岛国家公园、戴克里先宫、萨格勒布大教堂、帕克莱尼采国家公园、圣·马克大教堂等多处举世闻名的景点，既是一个充满历史与文化积淀的古城，又是一座展现勃勃生机和活力的现代城市。

自南斯拉夫社会主义联邦共和国解体后，很长一段时间萨格勒布市一直战火纷飞，遭到很大的摧残。如今漫步在这座城市中，战争留下的创伤比比皆是，但经过战争的人民更懂得和平生活的来之不易，在这里你可以看到人们努力工作、创造更好生活的昂扬斗志。

对前来旅游的客人，这座城市的人们会提供最好的服务。我们住的酒店是由一个私人公寓改造的，房间舒适、卫生、方便，无可挑剔。每日的早餐，都按我们的要求按时送到房门前，对此真的有一种受宠的感觉。以小见大，以微知著，当我们离开这座正在重建辉煌的城市时，内心对它充满信心和尊重。

卢布尔雅那

在巴尔干半岛几个国家之间旅行，乘坐公交车非常方便，我们用了四个小时的时间，就到了斯洛文尼亚共和国的首都卢布尔雅那。我们在这里住了三天。

卢布尔雅那城市不算大，如果腿脚利落，城市的风景点半天就游完了。我们现在出来旅行，主要是想看看别人是怎么生活的，所以有意地放慢了节奏。

刚到城市那晚，我看到墙上写了一句话——"Love & To be loved"。当时心里一动，觉得这话有点意思。

这里的古城堡，带翅膀的龙，环绕古城墨绿色忧郁的河水，桥柱上绑满的同心锁，高雅的歌剧芭蕾舞院，天鹅湖舞剧照上用洁白的羽毛编织出的楚楚动人的设计，小雨之下情人手拉手的雨中行……绝对的小资情调，徐志摩范儿。这座城市的安宁动人，就像天边的一片云彩，轻轻地来，又悄悄地去……

在要离开这个城市的时候，我看了下网上的驴友们对这座城市的评论："国不可貌相""欧洲缩影""欧洲绿茵""意想不到的好"……总之，人文、环境、地理、城市建筑、美食、价格，如此等等，什么都好。而我和阿童形容卢布尔雅那就像欧洲的小公主，高贵、典雅、美丽，这是一座充满爱，也渴望被爱的城。想到刚来时看到的墙上那句英文"Love & To be loved"，真是名副其实。

布莱德湖

斯洛文尼亚共和国有一个美丽的湖，中文叫布莱德湖，据说是地球上最美的湖之一。布莱德湖位于斯洛文尼亚共和国西北部的阿尔卑斯山南麓，它是由冰川融化后形成的湖泊，由于山顶积雪融水、山间清泉不断注入湖泊，故有"冰湖"之美誉。

公元 1004 年，统治这里的德国亨利二世在湖心小岛上修建了一座天主教教堂，在湖岸峭壁上还筑造了一座风格独特的城堡。宝石般宁静的湖水、葱郁的树木，伴着清晨湖上青烟似的薄雾，这里的景致给人的感觉就像现实版的童话世界。

在来这里之前，我知道中学的几个朋友也打算来这里，我大概有几十年没见过他们了。

与朋友们相聚的这个夜晚，月亮又大又圆，倒映在布莱德湖上，不时荡起微微的涟漪，像在湖面上一遍一遍洒下千万闪光的银片。看着湖面上不停跳跃的晶莹、白色银光，仿佛我儿时的梦在向我招手欢笑。

我和阿童早早在湖边风景最好的酒店订好桌位，还准备了宴客的美酒。朋友们准时从美国，从中国的北京、武汉赶过来。

人生的美好就是有奇迹。在这个湖光山色、风景迷人的地方，和青少年时的好友相聚，真是恍如隔世。

路 转 溪 桥，
忽　　 见

德国自驾游

从汉堡出发，我们一家人开始了为期 20 多天的德国自驾游。最初的计划是能让女儿多摸摸车。

在挪威，小孩拿驾照是件不得了的事，家长要剥下几层皮。45 分钟一堂路面课要人民币 620 元，没有上足 30 堂课是不让你通过的。除此之外，还有很多单独的科目，如山路驾驶、雪地（滑板）驾驶、市区驾驶、郊外驾驶、市区郊外组合驾驶、转盘路驾驶，等等。总而言之，不出点血是拿不下那本子的。

女儿的意见是环保最重要，她要骑一辈子自行车。我和先生阿童在这事上不同意，要求她必须学会开车。尽管她有情绪，磨磨叽叽，但好歹一次搞定，考试通过了。

这次德国自驾游，本想在我俩的保驾下女儿可以多开开车，来一次实践的历练。没想到德国规定要拿到驾照满一年之后才有资格驾车。"一个衙门一个令"，没办法，女儿只得从事前任命的正驾驶，降级为副驾驶。尽管如此，坐在副驾驶位置上的她指手画脚，俨然成了老爸的教练，一副煞有介事的样子，真让我俩乐

坏了。时代不同了，看来"小鬼"要当家啦！

在法国南部久住后，几日在德国从乡村、小镇到大城市一路走来，感觉很好。

德国和法国之间的差别就像男人和女人。一个认真实际，一个风情浪漫。德国人看上去较严肃，不像法国人常给人笑脸和感动人的殷勤。但所谓的"德国质量"体现在每一个细节上，让人感到很踏实。

在这里，你不用担忧酒店的卫生不好，吃饭后小费给少了会招来白眼，买东西会受骗，公共卫生间会让人受刺激等不愉快的事情发生。所有的一切，都在德国严格的制度和质量掌控中，让你可以抛开所有不必要的担忧，身心完全放松。

这个国家和政府把能给的资源都给了人民，无论城市和乡村，所到之处都可以尽情享受绿地森林，人民在这里呼吸着大自然清新的空气，随处都能喝到纯净的自来水。

德国真是一个强大的工业国，仅一个科隆市的工业就占据欧洲工业的22%，官僚化的、给百姓找麻烦的事情少有发生。人和人之间相互信任，带来办事的简单，有效率。德国的社会口号实际又明确："努力工作就有好的回报。"

德国和我长期居住的挪威有很多相似的地方，但挪威自20世纪60年代因发现海上石油而暴富后，尤其是近些年出现了一种暴发户的浮躁苗头。而德国自二战后一直很低调，奋发图强，这样的社会氛围显得更接地气，也更脚踏实地。

到德国旅行，喜欢音乐的人一定会到德国莱比锡圣托马斯教堂，去瞻仰古典音乐祖师爷巴赫工作了 27 年的那个地方；也一定不会错过交响乐大师贝多芬的故乡波恩，去感受一下大师当年工作生活的环境……德国是出音乐大师的地方，值得参观的地方实在太多了。我这个曾经与音乐有过一段缘分的人，来到大师们生活、工作的地方，有一种久久不愿离去的感觉。

以前，一提到在德国开车，总认为时速至少要在 200 公里以上，听着就恐怖。而这次亲历，让我了解到一般高速路开车时速在 120~130 公里之间。如果想开得更快，你就上最左侧的快道。在这条车道上，只要你敢开，而且你的车也承受得了，你就是把车开飞起来，也不会有警察来找你麻烦。

昨天从斯图加特（Stuttgart，奔驰、保时捷总部所在地）一蹬油门，来到德国边境对面一个法国城镇，斯特拉斯堡（Strasbourg）。经过 20 多天的德国自驾游，来到法国的这个城镇，真的让我们深感对比很大。

我们一家人一走进这个城镇，便不约而同地忙起了拍照，因为这里到处都是不同寻常的人文美景。

在德国，除了阿童，我和女儿对拍照都没兴致，原因是：我们觉得德国大多数地方的建筑都很平常，没有什么可拍的。我们还总结了原因，认为是德国在经历二战中盟军地毯式的轰炸后，已沦为一片废墟，今天的城市和建筑多是战后新建。虽然有些古老的历史建筑得以恢复，但总体的建筑还是活在当代人不陌生的视觉中。

所以在德国旅行，所到之处都会让人联想到德国参与的两次

圣托马斯教堂前的巴赫铜像

路 转 溪 桥，
　忽　　见

世界大战，尤其是第二次世界大战。不得不感慨：当年如果没有英国首相丘吉尔先生率领人民勇敢地向法西斯宣战，之后中国、美国等多国又组成强大的反法西斯同盟，世界的格局将会是怎样的？想必战争会持续更长时间吧。

而法国则由于二战中政治的摇摆不定，整个国家的损毁相对较小，百年甚至千年的老城依旧存在。当代人面对历经风刀霜剑的老城，会产生一种新奇、激动的猎奇心态，恍如隔世。

20世纪80年代末，我在德国汉堡工作过一段时间，在和一对中年德国夫妇的闲聊中，他们告诉我，以前很长一段时间内他们为自己是德国人而感到不光彩。大学时期，他们还跑去美国，并且不想再回到德国来。然而，人类是"乡愁"意识浓厚的动物。几年后，他们心里还是忘不了德国，于是又回来了。现在，他们觉得生活在哪个国家并不重要，重要的是要牢记人类历史中的那些悲剧，让这样的悲剧永远不再重演。

我对今天的德国充满敬意：今日的德国是一个伟大的国家、伟大的民族。他们正努力为维护世界的和平默默地贡献着自己的力量。

印度之行

一直向往印度，这个世界上最早的文明古国之一。

2016 年 11 月，我终于来到了印度的首都新德里。来到这里才算眼见为实，明白了为什么来过这里的人都说新德里是世界上空气污染程度最高的城市之一，据说已达到北京最严重污染指标的 2 倍多。

当飞机着陆在新德里机场时，我从窗户向外望去，除了厚厚的、灰蒙蒙的雾，几乎什么也看不到。由此我想起一个当年形容北京雾霾的段子："早起拉开窗帘向外看，我以为我的眼睛失明了……"

在市里的居民区，垃圾遍地，秩序混乱，很难让人相信这是和平环境下一个城市的面貌。

新德里的总统府、富人区、使馆区和景点区，与大众的居住区相比，却有着天壤之别。这些地方街道干净，绿化也不错，高温下找个阴凉也不难。

令人欣慰的是，老祖宗留给印度的那些让全世界都称为奇迹的伟大建筑很好地保留了下来。这些富有南亚风情的历史建筑，

印度泰姬陵

让世人领略到了一个神秘、文明、智慧和历史悠久的印度。

从新德里到阿格拉再到斋普尔，这趟旅游线被称为"印度旅游金三角"。

在阿格拉，我们终于亲眼看到了举世闻名的泰姬陵。富丽堂皇、像玉一样洁白的泰姬陵，是一座大理石陵墓，这座陵墓的修建伴随着一个普通女人同时也是一个伟大的母亲、王后，和她的老公——一个国王、一个尊重女性的男人的爱情故事。

我们参观泰姬陵的那天，人很多，但基本上都是本地人。参观的队伍排得里三层外三层，入口处更是人头攒动，拥挤不堪。但有一个进入泰姬陵的入口基本没人，这是留给外国人出入的。

很不好意思当着这么多排队的人的面不用排队而直接进入，我低着头，脚步加快，恨不得一头钻进泰姬陵里。

我偷偷瞟了一下排队的人群，他们似乎都很平静，有人甚至还向我们这边友好地微笑。但不管怎样，我们总算是躲过了炎炎烈日下的拥挤排队。

在去斋普尔的路上，我们又参观了法塔赫布尔西格里古城。这个古城绝对是世界建筑史上的一个精品，里面有莫卧儿王朝遗留下来的宫殿、政府机构办公地、清真寺、庭院、图书馆和医院。早在16世纪时，人们就能如此仔细地规划城市，充分显示了设计者的杰出构思和科学布局，以及建筑师高超的建筑技艺。

法塔赫布尔西格里古城的规模要比中国山西的平遥古城更宏大、现代，而且充满皇家气势。但此行到此，这样的观感仅仅只是个开始。当我们抵达目的地斋普尔时，才发现这里能让人一饱眼福的古建筑真是太多了。其中著名的琥珀堡华丽、壮观，这一凝聚着印度智慧的建筑群，和中国北京故宫也有得一拼。

在路上和导游的聊天中，我感到他们对自己当前的总理及政府满意度很高，而且充满希望。他们对别国的事情不太关心，国际上正发生着什么也不清楚。

常会有印度人问我："印度是不是比中国更好？"我第一次听到这句话时心里有些震惊。看来他们对中国近40年的发展真是一无所知。我不想多说什么，只是淡定地对他们说："有机会你们到中国去看看吧！"

我一直想跟印度人练练瑜伽，可惜即便是来到印度，这个愿望也并不容易实现。我们在新德里住酒店时，想请他们帮我在市里找一个能练瑜伽的健身房，令人失望的是几天下来都没能够找到。

印度是佛教发祥地，但导游介绍印度四大宗教时并没有提到佛教。这位奇葩导游说根本没听说过什么佛教。我想：这大概是因为佛教早已融入印度最大的宗教——印度教之中了吧。"不识庐山真面目，只缘身在此山中"，今天的印度知道佛教的人真是越来越少了。

河南云台山

两周前，看到朋友圈发来河南旅游景点云台山的照片。中原小九寨，挂壁长廊，郭亮村，红岩石绝壁大峡谷……许多的奇景令人向往。

周一，我和阿童加入了"云台山＋洛阳五日双高考察团"。

第一次跟团旅游，大清早六点从家出发，匆匆赶到北京西站集合，在火车站吃油条喝豆浆，戴上旅游团小红帽，和旅游团的导游、队友打招呼，做自我介绍……一套程序下来，感觉自己重新做回了北京人，特本土。

云台山在太行山脉南端、河南和山西的交界处。景区面积280平方公里，含红石峡、潭瀑峡、泉瀑峡、青龙峡、峰林峡、子房湖、茱萸峰、猕猴谷、叠彩洞、百家岩等主要景点。园区地形复杂，气候随海拔与山势山形变化各异，上下差异明显。早上出发前，导游都要提醒大家带够保暖的衣服；晚上回到酒店，随团的医生都要到每个房间给大家量量血压，了解一下大家的健康状况。

云台山在唐代称"覆釜山"，金代以后叫"云台山"，意为"白云出岫的地方"。这里峰险谷深，远离喧嚣，是一座山川秀美、人文厚重的豫北名山。历史上，许多的文人墨客，都曾到这里访古探幽，视这里为世外桃源及心灵上的一方净土。

据说，中国历史上著名的"骨灰级"文化人，不与朝廷合作、装疯卖傻的"竹林七贤"，当年就隐居在这座山中。时过境迁，今天来到云台山，已找不到半点过去"竹林七贤"在这里终日清谈、饮酒、佯狂，排遣苦闷心情的痕迹，见到的全是熙熙攘攘的人群和他们匆匆而行的足印……

如今的云台山景区，给我留下印象最深的是郭亮村。就在云台山的高耸危崖之上，有一个藏在山中人未识的小小村庄，这是个藏龙卧虎的好地方。

据说东汉时期，有个叫郭亮的农民起义领袖，为了躲避官兵追杀，带着一些起义将士躲避在云台山上的一个小村庄里，郭亮村因此而得名。

白驹过隙，今天的郭亮村已有近百户人家。生活在深山老林里的起义军后代们，在抗日战争中英雄本色不减，李向阳打鬼子的传奇故事，据说就是根据这里的真人真事改编的。

在这个地处深山、远离尘世的小山村里，村民世世代代与外界隔绝，山外人难以进入，山里人难以出来。在 20 世纪 70 年代，起义军的后代再次向世人展现了他们的豪迈血性。在令人望而生畏的峭壁悬崖上，他们生生用智慧和双手，凿开了一条通向山下的郭亮挂壁公路。著名电影导演谢晋称这条路为"太行明珠"；

路转溪桥，
　　忽　见

河南云台山红岩石大峡谷

一向自负的日本人，也称这条路为"世界第九大奇迹"。

来到郭亮村，走在挂壁公路上，听着有血有肉的感人故事，自高高的太行山巅之上，眺望祖国的大好河山，我真的想大声呼喊："郭亮村，万岁！"

云台山之旅，随处可见郭亮村精神，那些穿着蓝衣服的"美丽守护者"，让这里的河山增色，更加美好。

桂　林

　　阿童没去过桂林，国庆节后，我带他来到这个历来享有"山水甲天下"之美誉的地方。

　　网上现在订什么都方便，我们一路的行、住、玩都在网上一一搞定。由于常听到旅行团发生一些坑爹的事，又有公共卫生间历来恐怖的印象，旅行前我是提心吊胆，生怕到了地方，当地旅游团没人给我电话，网上交的钱打了水漂。

　　还好到了桂林，一切都很顺利，让我踏实满意。旅行社按点到酒店接人，不逼迫游客买东西，讲解专业、生动有趣。

　　桂林这座城市虽然有点旧，但干净的程度令人惊讶，真可谓一尘不染。终于看到地上有一片落叶，阿童说："明天一早，这落叶肯定也看不见了。"环卫工人们时时刻刻在保持着城市的清洁，所有景点的公共卫生间都被打扫得很干净。

　　去时正值中秋，桂林城市的空气中，到处弥漫着桂花的香气，让人感到心旷神怡，有些陶醉。我心里暗暗高兴，这次旅行一定会轻松愉快。

旅游团里，年轻人的消费方式很潇洒，出手大方，见什么买什么，没见过、没吃过的就一定要尝尝鲜，活在当下，"一切为了快乐和酷"。

导游带我们去看水牛，每人交十元钱，可以拍拍水牛的背，并给水牛喂些草。于是大家排了很长的队，每人手里拿一把草，等待着水牛的接见。

排队等候时，我听到身后一对父子的对话。

老爸问儿子："我们这又是要干吗？"儿子高兴地说："喂水牛呀！"老爸好像火了，对着儿子喊："你这个败家子，你老爸喂了一辈子的水牛，你现在花钱排队让你老爸再喂水牛，你小子读书读傻了吧……"

我听后使劲憋着，不让自己笑出声来。

从桂林坐船顺水下阳朔，一路上，矗立在绿水中、千姿百态的奇峰异石实属奇观。记得几年前陪挪威公司老总和夫人到阳朔游玩，老总夫人对我说："在挪威看阳朔的风景画，画上总带着一层淡淡的雾，使山水美丽而迷离扑朔。我一直以为这层雾是画家加上去的，没想到此时此景，景就在薄雾中，跟画上一模一样，太奇妙了！"阳朔的美，真的让人不忍离去。

到了阳朔，一定要看看张艺谋导演的情景大剧《印象刘三姐》。演出当晚，我看到世界上不同国家的人挤在国内游人中，兴奋地往那个依山傍水、面积巨大的露天剧场涌去。一时之间，旅行社连英文导游都不够用了。见状，我做起了志愿者，帮着导游翻译在剧场看演出的各种安排。

桂林阳朔

演出没让人失望，真是一次精神和艺术的尽情享受。

在阳朔的第二天，我们开始了乡间的单车游。好久不骑单车了，在安宁美丽的大自然怀抱中，我仿佛找回了中学时代的青春活力。不知不觉之间，我骑得飞快，阿童落在了后边，一通好追。

骑车在"十里画廊"路上慢行，路边的景色都是一帧帧美丽的图画。到了幽静的山里，发现此一处、彼一处，有很多白色飞檐的小四合院，深藏在茂密、绿色的竹林中。这样的画面看着就让人心动，不禁萌生在这里安营扎寨的念头。

这几年，听说很多老外到这里就住下不走了。我想没准一会儿就蹿出一个穿着当地人衣服而长着张老外脸的人用中文和我们打招呼了。

在阳朔的第三天，早上来到最有名的阳朔西街，这是一条不夜街，夜生活的欢腾让小街早上 11 点还没有苏醒。不过此时的街道已被打扫得干干净净，三三两两睡意犹存的人悠闲地坐在小吃店里吃早茶，看手机新闻，尽享清晨的恬静清新。

在西街，大小店铺都有 Wi-Fi、二维码。有的店还写有"请环卫工人进店喝茶休息"的提示。每个店都是那么温馨、干净。一顿正宗的西式早餐，只花去 32 元人民币。阿童对这里赞不绝口。我对他说："是不是考虑搬到这里来？人生美好的感觉可是千金难买哟！"

美国一二三

不懂就问

去过美国就忘不了美国，一个包容世界文化、种族的国家。当你进入美国大门的那一刻，你就自然而然地融入美国的人群中。

在美国，没人在乎你是什么人，你来自哪里，你的英语怎样，只要对方懂了你的表达，大多数人都会热情地接待你。

在欧洲时，大环境让我感到人们都很怕打搅别人，不懂的事情习惯自己琢磨。这让欧洲人养成在做任何事之前都必须做好充分准备的习惯，万一准备不好，常常会紧张。

对比欧洲文化给人的拘谨，制度的严格让人变得死板，美国人的灵活性、理解性让我感到很轻松。遇到不明白、不懂的，鼻子下有嘴就尽管去问吧。

2018 年年初，我和阿童来到美国迈阿密，由于特朗普上台后对外国人入境有了很多新政策，再加上当时很多航空公司以往一张机票自动带一件行李的惯例的改变，甚至很多航空公司连手提

迈阿密海滩

路转溪桥，
忽　　见

行李都限制到让人觉得过分的程度，所以这次来美国前我们多少做了些功课。首先美国入境的新规定我们仔细了解了，可能会需要的文件都打印好带上。行李尽量精简，阿童要带的西装、皮鞋全让我否定了。我说："你又不是去相亲，带这些衣服没必要。"阿童再不情愿也只好服从。

到了美国迈阿密机场入境大厅，我们才发现：美国现在入境的审查也和以前不一样，要先在入境大厅机器上自己申报拿到一张合格收据，然后才能到柜台入境官面前做面对面的又一次审核。审核通过后，入境官还会要求入境者将两只手的指纹录入到入境电脑中，才能得到入境许可。

机器申报上有很多问题，我以为自己每道题答得都很好，但却始终得不到通过的收据。我反复做了几遍就是不行，实在没辙了，只好鼓起勇气去问工作人员这是怎么回事。工作人员三下两下就帮我解决了。通不过的原因是我粗心大意答错了一道题。

不过，就这次进美国大门的第一步，帮助我尝到了不懂就问的好处。之后，即使看来很傻的事，我也敢开口求助了。

比如我租的车要加油，而我找不到车上打开加油孔的门，我就像老美一样大声地喊："谁来帮我一下呀？"马上，旁边听到我喊的人就过来帮我搞定了。

再比如，有一次我要从迈阿密到牙买加，没注意到携程网上买的票是不包括行李的。联系携程客服，他们让我到机场后自己解决，因为他们暂时和美联航在补行李上没有对接。迈阿密机场没有检票、补票和买票的人工柜台，一切这类事情都要在机器上办理。

更添乱的是，机器上办理登机牌和补票还不时插进广告。当机器上提示我还要出示从牙买加返回的机票，以保证不留在牙买加时，我真不知道该怎样操作这个保证。后边当时有很多人在排队等我的机器，我很紧张，情急之下不得不冲着远处的服务人员大声喊："我需要帮助。"这次还真是少不了他们的帮助，因为没有他们的工作证在机器上刷一下，整个流程是永远也不能继续进行下去的。假如我不敢问，一直自己琢磨，即使后面的人不对我提意见，我就是琢磨到飞机起飞了，也搞不定。

我又一次明白，在美国只要不懂就问，你就会如鱼得水般轻松前进。中国老话常说："读万卷书，行万里路。"尤其是当今我们生活在一个多元化的、复杂的世界格局中，加之社会正从人工服务到机器化服务飞速变革，旅行不再是以前单纯的游山玩水，而是挑战自我、与时俱进的一种学习方式。旅行有时真是在自找苦吃，但是这苦中也蕴藏着很多很多的人生乐趣和成长机遇，难道不是吗？

善于传递正能量的美国人

美国人很让人喜欢。实际上世界上所有国家的人都很友好，但为什么美国人总让人感觉更容易接近，而且更招人喜欢呢？

我的感觉是，美国人在社交中一见面，不管认识不认识马上就能进入到坦率和热情的状态中。他们总能从别人身上发现闪光的地方，进而马上反馈给你，即使是很平常、很小的事情，他们的慧眼也不会错过。

举个例子：有一次，当我经过二十几个小时长途飞机的折磨终于到达美国时，自知自己的样子是狼狈不堪的，皱巴巴的衣服、蓬乱的头发，加上苍白疲倦的脸，我都不好意思抬头看别人。可我旁边的美国人却笑眯眯的，热情地对我说："我的天啊，你的耳环真是太美了！"看着他那张阳光的脸，我马上给了他一个灿烂的微笑。

和在美国工作的朋友们聊天时，大家也对此都有同感。即使是天天见面的一个办公室的美国同事，他也总能向身边的人传递正能量，诸如：今天你穿的衣服真好看，今天你带的项链很美，今天你的气色太好了……总之，他们绝不放过任何机会赞美身边的人。

再有，美国人社交是很主动的，无论是在等车、排队买东西，还是坐在咖啡厅，美国人都会主动和左右的人打招呼，说个笑话，聊上几句。他们在社交中不会考虑对方怎样看他们，不会考虑该说什么、不该说什么，也不会计较你说什么、你的言行举止是不是得体。他们就是很随意，很自然，让人感觉很舒适。

是啊，人是为自己而活的，不要太在乎别人怎么看你，人之初，性本善。相信自己的本性，按照自己的本性做人，就会放松很多。当人能放松时，人的聪明、智慧就自然而然显露出来了。

我还记得 1990 年第一次到美国迈阿密。在一个晴朗的早上，我想到海滩上试试能不能看到大海对面的古巴。可能是太早，海滩上的人寥寥无几。不知从哪里突然冒出一个人，他迎着我走来，愉快地对我说："早上好。"我刚要回他一个早上好，定睛一看，突然发现他是个自然主义者——全裸着。那时我刚出国不久，正处在一个少见多怪的时期，我下意识地马上扭头向别处看，没回应他的问候。这老兄根本不理会我的反映，又愉快地来了一句："祝你今天快乐。"我还是没敢看他，只听到他愉快地唱着歌远去的声音。这是我觉得自己最没礼貌的一次。要是放在现在，我一定会像美国人一样愉快地对他说："你真棒，你选择在大海边全裸是最好的自然主义表现。"

时隔近 30 年，这次我又来到了迈阿密海滩，再看到自然主义者，我早已到了见怪不怪的境界。其实当年自然主义的出现，也是对人性被礼仪道德、宗教过度束缚的一种抗议。

美国人还有一个特点让我很有感触。他们不仅爱帮助人，当受到别人的帮助，哪怕是一点小小的帮助时，他们都会对给予帮助的人表示感谢、赞赏。我记得有一年挪威国王在新年祝词中专门提到要懂得"感恩"。我们很多人习惯把感激埋在心里，其实说出来是给对方最好的回报。这次在迈阿密，感受到美国人在表达感恩这点上很自然大方。

我在电梯里看到有人正往电梯这边跑，便顺手按住电梯门等了他一下，这人上电梯后马上感谢我，下电梯又感谢一遍。我真有点不好意思了。在公交车上，看到司机等了一下赶车的人，这人上车后、下车前都专门到司机面前表示感谢，下了车还不停向司机挥手致意。这样的小事在大街上随处可见。

这就是我为什么说美国人很讨人喜欢，因为他们总在给人正能量。其实大多数时候这些正能量都是通过日常生活中极普通、平常的小事情在传递。如果人人都有一个传递正能量的好习惯，试想一下，我们活着的社会将会是多么轻松、友好和愉快呀！

方便、便宜、接地气

我们从挪威出发，第一站到达美国迈阿密市。一到这里就感到衣食住行都比在北欧方便、便宜、接地气。

迈阿密国际机场巨大，它有免费轻轨可以直接送乘客到连接市中心的轻轨站口。连接处上下都有滚动电梯，拉着大行李也方便。到市中心的售票站口还有人工指导，告诉你买什么票划算。我们了解到买一张有效期一小时的普通票不比买一张 24 小时全市各种公共交通车都能坐的通票便宜多少。这里一张通票的钱，比起北欧一张只能坐一小时的票，便宜得像白给。即便是这样，我们临从挪威出来前还听到公交车又要加价的消息。

自打我到挪威学习生活那天起，心里就对北欧昂贵的公共交通费不满。政府一方面大肆提倡环保，鼓励人们出行使用公交车，一方面又时不时地将公交车票价抬高。在这种情况下，出现很多学生、移民坐车逃票的现象。我记得电视和报纸上还专门讨论过该不该逃票的问题。多数老年人发表的意见是："逃票非常不好。"但一些学生则说："没办法，买不起票。"

更多的人选择开车出行，又方便又省钱，管它环保不环保。这样一来，政府的相关政策就接不上地气了，事实上等于白制定。

挪威的公共交通都被私人企业承包了，企业首先想到的是自身利益，但一个市场被某家企业所垄断，消费者，也就是社会大众可就惨了。

迄今为止，我们去过的美国城市机场，不仅到市中心公共交通便捷，并且还都有到酒店的免费穿梭巴士，基本半个小时一趟，非常准时和方便；好一点的酒店穿梭巴士一天 24 小时都有。今早我们凌晨 4 点要去机场，酒店穿梭巴士已经停在外边等候了。

美国大部分的飞机，经济舱座位都较为宽敞舒适。即使在人流高峰时，机场检票处也有条不紊。因为自动检票机很多，检票机附近到处可见待命的人工助理。安检气氛不慌不忙，让过安检的人始终能保持一份从容的心态，检查好自己的随身携带物品。机场登机口处，有咖啡厅的桌椅，可供候机人自由使用。飞机到达后，行李出来得也很快，机场免费无线网络很容易上去而且网速不错。总而言之，美国机场运行的系统是很流畅的。

美国城市与城市之间的消费水平也是很不同的，大城市日常基本的消费比小城市要高很多。即使这样，在美国的大城市购物，还是能淘到很多物美价廉的东西。相比而言，到了北欧尤其是挪威，那是花钱如割肉一样心疼，因为觉得物无所值，一瓶水、一碗飘着几根菜的面条，都比国内高出至少十倍。

当然，北欧国家在世界上是典型的高工资、高消费和高税收国家。孩子一出生，一些家长就会打趣地说："可怜的孩子呀，你开始准备好缴税了吗？"有人形容挪威人临死前首先嘱咐的是："帮我检查一下，我今年的税表填了吗？"严格的税收制度有效地控制了贫富之间的差距。福利社会的优越性很强，没工作没钱、有病养老都有政府兜着，人们的生活没有后顾之忧。这样的国家、政府、企业在决定事情的时候，往往会不接地气，考虑不到下层人的拮据。好在北欧人素质普遍比较高，谁也不会因为买不起车票去找政府，只能节衣缩食或起早贪黑走路上下班或上下学。所以北欧人普遍爱走能走，多走走还锻炼了身体。

而美国就不同了。美国是大国，又是移民国家，没有家底的贫民很多，社会福利不可能像北欧国家建立得那样扎实，各州政府都必须要考虑到多数的劳苦大众。所以很多公共设施的建立和运用都比北欧国家相对方便、便宜、接地气。大众化的快餐食品：麦当劳、肯德基、汉堡包、三明治……都是美国发明制造的；中国的方便面，意大利的比萨饼，墨西哥的煎饼……也遍布在美国的大街小巷。

美国人工作是不含糊的，我看到各行各业的人工作起来都很认真卖力气，服务行业更是热情周到。和美国人聊天时，一谈到何时有个假，对方马上会眉飞色舞，充满期待和渴望。他们问我和阿童挪威一年能有多少假日，我们往往会开玩笑地回答："不太清楚，但我们听说到挪威旅游的人对挪威假日的形容是：不要问挪威人一年中哪天是假日，最好问问他们一年中哪天是工作日。"随后往往会引来一串笑声和惊叹声！

美国是个汽车大国，在美国租车旅游比较便宜，路况也较好。行人过马路，指示灯很明确。没有红绿灯的地方，司机都会有礼貌地停下来让行人先走。

在美国，自行车骑行有自行车道。而挪威骑行往往没有专门的自行车道，自行车和行人挤在一起，于是骑自行车的人便成了老大。有时候赶上骑快车的人，还真的有些害怕。有一次我走路，听到背后老远有人大喊："快闪开！"我当时吓了一跳，顾不上回头，也不知该往哪儿闪，刹那间骑车人与我擦肩而过，还吼了我一句："你会不会做决定呀！"这简直是猪八戒，不说对不起还倒打我一耙！

要我看，现在以挪威为首的北欧国家就像富二代，快接不上世界的地气了。美国则像超生家庭，孩子多不说，还有一堆私生子，这样家庭出身的孩子必须个个要奋斗，出人头地的孩子带给其他的孩子一个梦，一个在美国能实现的梦。

近两周在美国的自由行旅程即将结束了，边走、边看、边学、边思考，我觉得美国有很多优势，在美国旅行是方便和愉快的。

西岛故事多

一个名人住过的地方，一个好故事发生的地方，都会把世界上各地的人吸引来。这次到迈阿密，是想经由迈阿密到西岛（Key west）。我在网上查了一下，有各种翻译，但好像都不能让大家满意。"西岛"是我的翻译，我根据"Key west"的词义和实际的意思再加上一点口语化，就先这样叫吧。

从迈阿密开车沿着美国一号公路行驶约 250 公里，穿过国家公园，就到了美国佛罗里达州陆地的尽头，然后开始进入佛罗里达州的一条由众多小岛组合而成的岛链。

从开始进入岛链到西岛，要经过四十多座桥，其中有一座长达 11 公里的大桥。每一座桥都将相邻的两个小岛巧妙地连接在一起，让人觉得这是一条伸向大海的狭长陆地。

陆地的一边是大西洋蔚蓝的海水，另一边是墨西哥湾绿色的暖流，由于路面没有加高，两边的海水几乎随时都会漫上路面。有网友形容开车在这样的路上行驶，感觉就像驾船行驶在海上，这真是恰如其分的比喻。

从高空俯瞰，通往西岛的这条路似乎只是在水上铺成的一条细细的线，非常奇特。路两边钓鱼的人挺多，我停车在路边休息了一下，一分钟就见一个人钓了两条鱼，还是不同品种的。转头我又看见两个小伙子拿着个长焦镜头相机在海边拍照，顺着他们的镜头望去，原来有只小鳄鱼趴在岸边礁石上东张西望。

　　一路风景都很好，但多数地方不让停车。西岛与古巴的首都哈瓦那隔海相望，是美国国土最南端的标志。据说早在 19 世纪初，这里就设有美国海军基地，近几年航母也开始出现。美国曾有十七位总统来过这里，可见西岛不仅美丽奇特，而且地理位置也很重要。

　　在小岛尽头的海滨，我见到一个迄今为止见过最小的君悦酒店（Hotel Grand Hyatt）。很多大城市都没这待遇。别看这个酒店小，但我想知名品牌君悦酒店里的设施一定不含糊。

　　我对西岛感兴趣是因为 2015 年美国出的一部电视剧《血缘底线》（Bloodline），给我印象很深。

　　电视剧里的故事就发生在西岛一带，讲述的是一个发生在有五个孩子的普通家庭的故事。故事大概是这样：父亲听说母亲有了外遇，两人吵架时母亲要离家出走。刚满 12 岁的大儿子和其余的弟弟妹妹都听到父母的吵闹，但弟妹们年幼，并不太懂父母在吵什么，只是被父母的大喊大叫声吓坏了。大儿子听懂了，他生气地跑出家门往海边跑去，最小的妹妹哭着紧跟在可可后边。跑到海边，大儿子跳上家里的汽艇，把追赶来的小妹也抱上去，开足马力向大海深处驶去。在海上小妹不幸落水，虽然大儿子奋力相救但无回天之力。

大儿子一个人回到家，父亲听说小女儿被淹死，气得暴打大儿子一顿，将大儿子的胳膊打断了。母亲和其他三个孩子目睹此景，拼死拼活，也劝不住愤怒、悲伤的父亲。警察闻声赶到，看到受重伤的大儿子，准备把父亲带走送上法庭，但母亲的表现出乎意料。她向警察谎报是大儿子自己摔伤的，并让另外三个孩子做假证。故事就从这三个年幼孩子人生第一次做假证展开，淋漓尽致地展现了人性脆弱的一面。为了维护父母的声誉而做假证的三个孩子，长大后虽然有的事业有成，有的人品正直，有的为人忠厚，但最终都迈不过幼年撒谎的这道坎儿，一步步走向犯罪——他们为了保全家庭和父母的名誉，亲手杀死了当年事发后离家出走、与毒贩混在一起的哥哥。

　　电视剧是以这个家庭的父母在西岛海边经营酒店这一背景展开的。他们在海边自家的码头每天收购渔民捕捞的海鲜和大龙虾，晚上兄妹们常到西岛小镇的酒吧坐一坐，喝杯酒。亚热带的椰林、芭蕉树，开着粉红色花朵的榕树，一年四季各种各样的花草，小镇上童话般的甜蜜小木屋，加上邻里之间的友好相处，一起构成红红火火的小镇生活场面。这样的背景，把这部以悲剧告终的故事烘托得更有人性、更自然，让观众不由得为故事中犯罪的主人公们惋惜、慨叹。

　　这个故事深深打动了我，让我联想到在国内政策不断变化的年代里，多少人都处在不同的底线边缘，如同走钢丝般幸运地走过来。有的人其实不坏，但也许由于瞬间错误的选择而一失足成千古恨。

路转溪桥，
忽　见

因为这部在西岛一带拍摄，揭示普通家庭中的血缘、人性和罪恶关系的电视剧，西岛这个地方给我留下难以磨灭的印象。

来到西岛，孤陋寡闻的我才知道，我最喜欢的美国作家兼记者海明威先生曾在这里生活过多年，而且他的几部最有名的小说《老人与海》《太阳照样升起》《永别了，武器》《丧钟为谁而鸣》，都是在西岛这个地方完成的。1954年，海明威凭小说《老人与海》获得了诺贝尔文学奖。评委会在颁奖词中曾这样说道："他忠实、勇敢地再现了他所处时代的艰辛和危难。"

1961年7月，海明威在寓所的地下室把心爱的双管猎枪枪管伸进口中，扣动了扳机，以最为"男子汉"的方式结束了自己的生命，年仅62岁。海明威的自杀动机成为一个永远的谜，也成为一个永远没写完的故事。

人们说海明威与西岛相得益彰，小岛的灵气成就了海明威的写作，而海明威的存在则赋予西岛异样的人文色彩。小岛的美，不再是单纯的风景如画，四季鲜花盛开。小岛养育了那样多的艺术家和文学巨匠。直至21世纪的今天，海明威、毕晓普、威廉士、弗罗斯特等文豪的博物馆和故居仍然是小岛上的一道道胜景，吸引着世界各地慕名而至的游人。

西岛，不断地给世人讲述着生动的故事。这个墨西哥湾中美丽的小岛，凝聚了那样多的文化积淀与历史内涵。我想：这就是它内外皆美的魅力所在吧！

旧金山的幽默和乐趣

1

2018 年年初，我和阿童坐飞机从墨西哥城来到美国旧金山。下了飞机一进机场大厅，阿童就说："咱们坐错飞机了吧？这不是到中国了吗！"我放眼望去，眼前都是中国人，男男女女、老老少少。耳边又是广东话，又是普通话，反正都是中国话。看起来，2018 年同胞们春节探亲的热潮提前来了。

也难怪这里华人多，旧金山的唐人街在世界上是最早出现和最大的。18 世纪中期，珠江三角洲一带的生意人开始到美国寻找机遇。久住他乡变故乡，如今华人不仅有很多在美国定居，而且已遍布世界各个国家。有些国家华人多，居住的地方就形成了当地的唐人街，英语称 "China Town"。在唐人街里，华人生活需要的一切应有尽有，到了唐人街就好像到了中国。久而久之，唐人街在国外就成了旅游景点。想起有一次挪威朋友告诉我，有些挪威人到中国来旅游，在北京玩了一天，仍觉得不尽兴，想来想去发现是没游唐人街，于是给导游提意见。导游听了一头雾水，心想：这些挪威人太奇怪了，到了中国，怎么还要找唐人街？

2

第一天一大早，我们计划到唐人街去饮早茶。广东早茶就像英国的下午茶一样，不是光喝茶而是配有各种各样的早点，饮茶时间比较长，有人喜欢边饮茶边读书看报，有人喜欢全家人或和朋友在一起边饮茶边聊天甚至谈生意。

1996 年我第一次在深圳饮茶就喜欢上了这种生气蓬勃、略带书香气的饮茶习俗。这也是广东、香港一带地区特有的。饮茶时配的早点非常丰富，有甜的有咸的，有荤的有素的，这些早点都做得很精细，味道鲜美，让人吃了就上瘾。常说香港、广东的饮食引领国内饮食潮流，这话不假，好吃的、进口的美食总是从这两个地方先开始，然后再向国内各个地方蔓延。我算算自己一生在国外生活的时间已经比在国内还要长了，虽说久住他乡为故乡，但我对中国饭菜的思念却从未减淡。不仅我是这样，我听过一个华人告诉我，他的孩子们生在美国，长在美国，俗称 ABC，经常吃完麦当劳后还说没吃饭，肚子饿，因为他们觉得只有中餐才是正经的饭。我也听说有些国内孩子到国外学习，想家的主要原因是想吃中国饭。中国的饭永远牵着游子们的心。

唐人街就是唐人街，街两边都是一些五花八门不讲究的小超市、小饭店、小杂货店、水果摊、蔬菜摊……除了说中文的基督、天主教徒让人有些怪怪的感觉外，唐人街简直和国内南方沿海一带的小城镇差不多。唐人街虽然有些脏乱差，但方便、便宜，充斥着活力和人气。

由于天气稍有凉意，我们吃了碗中国和越南风味相结合、有点酸辣的热米粉汤面，这汤面既有味道又让我们浑身暖和起来。在欧洲尤其是挪威，我们习惯了吃原味的食品，而中国饭恰恰喜欢将食材再加工，不仅给予它更精彩丰富的味道，而且也能满足身体的需求，比如它可以让你冷，让你热，让你激动，让你上火或让你下火……我们称这种中国饭、这种各式各样的神奇变化为"舌尖上的中国"。

老板看我是中国来的，很热情，不时地对我和阿童微笑，留意看我们是不是够吃，有没有新的需求，但就是不说话。我觉得老板用这招对他不了解的客人太高明了，其一，很多长着中国脸的人不一定能说中文，这样容易对牛弹琴；其二，会说中文的人知道对方也能说中文，可能会口若悬河，他乡遇故人地聊起大天来没完没了，这样使海外华人生疏的中文难以招架。老板遵守"沉默是金"的至理名言绝对正确。饭店门是对街敞开的，我看见经常有人进来，但只是和老板打个招呼，或者预订个餐，留下话晚些时候来取，一切都看着让人觉得生活在这里很温馨，至少不孤独。我估摸生活在这样的人际环境里，人得抑郁症的概率肯定小。

3

吃过饭，我们去看旧金山大桥，这座大桥在美剧中出镜频繁，是当地不能错过的一景。

这座大桥也让我想起美国一个电影。影片中有个人很忧郁，来到大桥准备跳下去寻死，但刚爬上桥栏杆就犹豫了。正手足无措、难下决心之际，忽听到后面有人不耐烦地喊："你快跳吧，这儿还好多人排队等着跳呢！"要跳的人吓了一跳，心想：原来这么多人都抑郁，那我好死不如赖活着吧！于是决定不跳了，从桥栏杆上又爬了下来。记得看到这里，我和阿童都被逗乐了。

据说，目前世界上患抑郁症的人日益增多，人类已经开始对这个病给予更多的关注。我们常讲要用正能量看问题，但正能量一味地提有时也让人反感，而像电影里这样，用幽默来发挥正能量，是很高明的一举。

到了大桥，看到一桥飞架南北，真有天堑变通途的宏伟气势，我想拍张好的照片，但看来也不是件容易的事。我往桥上跑，试图选个景。只听阿童在背后大声喊："别跑了，不是这个桥，这桥的栅栏建高了没法跳。"我愣了一下，马上明白他的意思了。电影里争着排队跳桥的一幕又回闪在我的眼前。转身看着阿童，我对他笑笑，意思是您这次的幽默还不错。

阿童爱玩点幽默，平时跟陌生人打招呼，都不忘加点他的幽默，但每次说完只有他自己马上大笑给自己捧场，我和女儿很少笑。女儿常用从嗓子里发出的一个单词来形容她老爸的幽默，我不懂她的这个单词，但听她可笑的发音，估计是"90后"形容人冒傻气的一种说法。这次到美国，阿童更来劲了，和我抢着找机会和美国人说英文，抢不过我时就要在我说完后加上他的一点小幽默。有些美国人反应很快，会给他补上一个幽默，这倒让我们都能哈哈大笑。

4

第二天一早，我们又到唐人街饮茶，本想找个咖啡店，路过一家糕点店，进门听到有人说要买菠萝包，这是广东、香港的传统糕点，阿童爱吃得要死，一口气能吃他五六个，我赶紧买了十个。老板用一个好看的点心盒帮我们装好。我们本以为当天就能吃完，没想到这些菠萝包实在太大了，一个能顶国内的两个，我们拿它当早点，整整吃了三天，我估计一年都不会再谗这口了。

在唐人街吃饱喝足，我们便一起到金色桥门公园散步。这里真称得上一个古树参天、面积巨大的天然氧吧。园林工人把这个公园收拾得整洁、自然、美丽、舒适。不同于很多公园精心展示工人巧夺天工的园艺，这里却想方设法将人工的守护融合在大自然的本色中。我们在这样的环境里走得很尽兴，有一种沉醉其中的感觉……

隐隐约约，公园里的一个小楼里传来熟悉的中文歌曲。我惊奇地对阿童说："这哪里像在美国？坐公交，公交上有英语和中文，这一路坐的大巴上下车的基本都是同胞。唐人街就更不用说了，中文的广告、标语、商店名字比比皆是，还有那些摊在街头的各种中国报纸、杂志。看来旧金山一个唐人街还不足以表现华人的分量，这一大早我们在公园里走了两个小时，除了一两个跑步的美国人，见到的都是同胞的脸，现在又在这里听见中国广场舞的音乐，我真不知道身在何处了。"阿童这个习惯跟我唱反调的人也不得不连连点头。

说心里话，这些天在旧金山的旅行，让我没有一点异国他乡的陌生感。即使这时有个老美和我打招呼，我也大有可能顺嘴就用中文和他对话了。

5

从公园出来，我们就去乘坐旧金山名声赫赫的有轨电车，美国电影里常看到它出镜。

旧金山的马路不是一马平川，而是遍布上坡下坡，有的坡还很陡。有轨电车四面敞开，年轻人常常站在车边，一手抓着车扶手，一手还要给在路边走的人一个击掌。击掌时，身体完全是倾斜的，这真是个很酷的动作。到旧金山旅游，如果没有机会做这个动作，真有点遗憾。有轨电车有一站是唐人街，当司机一报出"下一站唐人街 China Town"时，拥挤的车厢里就传出一片"耶"的声音，我的嗓门在众声中很洪亮，能显出学过声乐的人发声带共鸣的功夫。接下来车上人人手里的手机、相机都准备好了，虽然早茶没喝鸡血，我的心里也仿佛被车上的这种情景燃烧了，不由得一阵阵热血往上涌。

著名的旧金山有轨电车

6

旧金山的渔人码头和海边不远处的监狱也是有着悠久历史的旅游景点。我们时间有限，只能走马观花。而旧金山的博物馆和音乐厅我们就无暇光顾了。

没等我们在旧金山玩尽兴，四天过去，我们和朋友有约，要赶飞机去洛杉矶了。

临离开旧金山的前一晚，我们决定再到唐人街去吃顿正餐。在一个很传统的香港饭店里，我们看着菜谱，就像20多年前在香港中餐厅看到的菜谱一样，用现在的眼光看都是家常菜，没有新意，引不起好奇和食欲。这或许是老板有意要留给我们怀旧感，不忘传统不忘本。但这种与时不俱进的方式能坚持多久？也或许这正是唐人街永葆初心、与众不同，生存到今日的法宝？

7

离开旧金山的那天清晨，城市充满生机。市中心地铁站音响里播放着莫扎特轻松活泼的索纳塔乐曲，时不时还夹杂着一个老美大嗓门的喊叫声。隔着马路望去，几个可爱的年轻人举着大标语牌和这个大喊大叫的老美在抗议着或支持着什么运动。这会儿，我们也没时间理会了，正心急火燎赶着去买到机场的地铁票。

我站在自动售票机前，戴上眼镜正仔细研究它的操作步骤，突然不知从哪儿冒出个人来，一把拿走我手中的20美元，向我示意他帮我操作。这个家伙的操作飞快，看得我和阿童眼花缭乱，转眼之间两张去机场的票就从机器里吐出来了，还外带应找的零钱。

我把找的零钱送给他，奇怪的是，这人手上还握着我的20美元。我和阿童就看不懂了，咦？这是在变戏法还是说机器吐出来的是两张假票？没容得我俩想明白，那人已开溜，转眼便消失在茫茫的人群中。

阿童开始激动地编故事了，吓得我赶紧摸摸身上的钱包，幸好钱包还在身上。阿童又怀疑票是假的，我说："打住吧，试试再说。"我们提心吊胆走向检票口，居然顺利通过。坐在地铁上，我俩又讨论起那家伙是怎样从两手空空到用我们的钱从机器里拿了票又得到我们的钱的，可完全一头雾水。

从地铁里出来，要经过一条长长的通道到地铁出口，这条通道里除了旅客没见着一个工作人员。我又开始紧张了，万一出不去，最后被工作人员视为逃票，关上两天小黑屋等调查结果，那可就郁闷死了。这会儿我想念起，要是跟着旅行社出游该多好呀！只需带个脑袋、两条腿，剩下全是导游的事，如有不周还能提个意见什么的。边想边嘀咕，最终我俩总算有惊无险走出了地铁站。于是我和阿童又假装自己都是福尔摩斯，开始绞尽脑汁去破这一大早又惊又喜的迷案了。

新的旅程再次开始，朋友在洛杉矶等待着我们。最近他家多了一口人，家里的老大从20多岁到美国打拼，在今天50岁之际终于结婚，而且老婆还给他生了个健康、漂亮的女孩。我们提着给孩子买的可爱童装，喜悦地向朋友家奔去。

新奥尔良和它的爵士乐

2018 年 1 月 26 日，我和阿童来到向往已久的美国新奥尔良市。说到向往，是因为久负盛名的新奥尔良爵士乐起源于这里，它是非洲人带给美国最早的一种爵士音乐。

1

在 20 世纪 60 年代至 80 年代的中国，爵士乐是登不上台面的。80 年代后期我到国外学习才知道，如果对爵士乐没有了解，就像没系统学过音乐。实际上，爵士乐是真正产生在劳苦大众中的音乐。这种音乐融下里巴人和阳春白雪艺术为一体，是一种非常好的音乐表现形式。在美洲、欧洲甚至是全世界，它的普及和流行都充满了经久不衰的生命力。阿童对爵士乐情有独钟，从上高中时就成为爵士乐的票友，他在乐队里演奏低音贝斯，爵士乐是他今生最大的爱好之一。

自从 15 世纪末哥伦布发现美洲大陆，西班牙人就开始在气候

新奥尔良巴蒂·鲍登公园

宜人、土地肥沃，紧靠大西洋、连接欧洲最便利的新奥尔良安营扎寨了。当时是一个海上列强四处瓜分世界的年代。西班牙人独占鳌头，首先在哥伦布发现的加勒比海岛屿上建立了自己的殖民地；英国人则冲进北美大陆（现在的美国）；紧随其后的法国人也不甘示弱，18世纪中期，他们虎口夺食，赶走新奥尔良的西班牙人，建立了法国的殖民地。那个时代，美洲的开发和遍布各地的种植园需要大量的劳动力，列强和殖民者勾结海盗，将大批非洲黑人拐骗、劫掠到新大陆做奴隶。非洲奴隶最早被送到加勒比海岛国——海地、牙买加和古巴一带，在那里种植甘蔗、香蕉、玉米；之后，又被卖到美洲大陆的密西西比河流域种植棉花。海地是法属殖民地，来这里的非洲奴隶很快掌握了法语，于是殖民者和海盗又将大批非洲黑奴从海地卖到新奥尔良。新奥尔良黑奴人口以及他们的后裔，几百年来以至今天，一直占据着新奥尔良人口的三分之二。

非洲人不仅带给新奥尔良劳动力，也带来了非洲的文化和音乐。据说最早在美洲种植园里，白人不许非洲黑奴在干活时聊天，但允许他们唱歌。于是黑人就通过高亢或低沉的歌声交流，逐渐形成了非洲音乐中忧伤又带着深情的布鲁斯（Blues）曲调，俗称"蓝调"。因为蓝调是在人与人的交流中产生的音乐，它的自由即兴与众人和声在乐曲中颇为显见。这种音乐像人们说话一样，停顿、喘息无须规律，于是多变混合、节奏不规律的拉格泰姆（Ragtime），即切分音常常出现在这种音乐中。切分音通常指的是改变乐曲中强拍上出现重音的规律，使弱拍或强拍弱部分的音因时值延长而成为重音，这个重音就被称为切分音。"蓝调"和切分音在非洲民歌中的运用，形成了最早期的新奥尔良爵士乐。它与传统的白人音乐那种规矩方圆的风格完全不同，令人感到耳目一新。所以后来，很多欧洲白人音乐家也纷纷加入非洲黑人爵士乐风格的创作中。

时光流逝，爵士乐一路取长补短，发展壮大，最后又形成了多样的风格。当今爵士乐的种类主要有：新奥尔良爵士、摇摆乐、比博普、冷爵士、自由爵士、拉丁爵士、融合爵士，等等。新奥尔良是爵士乐的故乡和摇篮，世界上最著名的爵士音乐家很多都出自新奥尔良。如巴蒂·鲍登，他是第一个爵士乐手，在爵士乐发展史上意义重大。再如路易斯·阿姆斯特朗，他是爵士乐坛中无人不知、无人不晓的大人物，基本上每一本关于爵士乐的书都会提及他的名字，他对爵士乐的意义，就相当于巴赫之于古典音乐，猫王之于摇滚乐。还有西德尼·波切特，他被称为"爵士教皇"，是他第一次把萨克斯风乐器带进了爵士音乐中，在他逝世后，还被很多人仰慕为神明。

2

我和阿童下飞机时已是傍晚，我们一到酒店就迫不及待地扔下行李，向新奥尔良市著名的法国区酒吧街赶去。离酒吧街还有一段距离，就看到了由爵士乐演奏者和戴着各种各样脸谱的舞蹈者组成的游行队伍。一时间，热情洋溢的爵士乐让酒吧街欢腾了起来，路边看热闹的游人也都手舞足蹈地随着音乐的旋律扭动起来。

新奥尔良市的法国区始终保持着法国统治时期的原貌，酒吧街

新奥尔良狂欢节街景

路 转 溪 桥，
忽　　　见

并不很宽敞，古老的石板路在路灯的反射下泛着光，给人以历史的遐想。路两边是一排排法式四层的木屋，木屋的一层大多是敞开的酒吧和餐馆，二层以上是酒店。当我们到达时，街边的二层以上酒店平台上已站满了人，男士有穿绅士装的，也有穿休闲装的，女士的穿戴则各显风骚。人们的手里拿着香槟酒杯，喝着，笑着，并向街上的行人扔下一串串绿紫黄等颜色的珠串。扔这种珠串是法国统治时期遗留下来的传统，街上抢到珠串的人都像中了彩票一样高兴地大叫。楼上有人向我也扔来两串珠串，入乡随俗，我一把抓住，立马就戴在脖子上，挥手向楼上扔珠串的人致谢。阿童打趣说："你倒真会玩！"我说："这叫活到老玩到老，心情好身体好。"

沉浸在欢乐中的我和阿童跟着游行队伍，一路看到沿街的酒吧、餐厅都有乐队在演奏着不同风格的爵士乐。忘情的阿童真把自己当成了专家，每经过一个乐队都要仔细听一会儿，然后再煞有介事地点评一番。酒吧里蹦迪的、跳美国民间集体舞的嗨成一片；酒吧门前的侍者也随着音乐节奏在跳，这些大多为黑皮肤的哥们儿，随便地扭两下，舞姿就酷到家了。在这里，体现了"四海之内皆兄弟"、不分彼此的氛围。有的还拉我们，请我们到酒吧里去跟大家一起嗨。我看到有家酒吧异常火热，舞台上有人带着大家跳美国民间的广场舞。这舞我会，在音乐的感染下，我快乐地跑进人群和大家一起嗨起来。只可惜穿得太多，没过两分钟就大汗淋漓，不得不就此罢休，退场走人。

我们边走、边看、边听，这里各色人种聚集，莺歌燕舞、灯红酒绿，每个人脸上都荡漾着幸福欢乐，如此普天同乐的狂欢，让我一时真忘了自己在天上还是人间。我问酒吧老板："今晚这么热闹，一定是个特殊的日子吧？"老板回答："今天就是今天，这里天天如此。"看来18世纪法国人带来的风流奢侈的夜生活方式在这里得到了延续，在新奥尔良深深地扎下了根。

今朝有酒今朝醉，冷眼静观风云变。放眼当今世界，这样的风土人情及生活态度实属独一无二。我们与同来这里旅游的本土美国人聊天，他们也说在新奥尔良好像身处异国他乡，来到了另一个世界。

经过三小时的酒吧街游逛，我们已饥肠辘辘。按照酒店老板的推荐，我们找到了新奥尔良牛排的百年老店。走进饭店，领班看了阿童一眼，连忙说，对不起，在这里吃饭要穿西装，同时表示如阿童愿意，他们可以借西装给他。我和阿童看了看旁边的衣帽间，那里挂了些尺寸和颜色各不相同的西装。老板很聪明，看出了阿童不喜欢这些西装，于是把我们引到隔壁的酒吧，告诉我们这里的饭菜和正餐厅质量一样，只是服装的要求可以休闲些。这样的管理和服务真值得称赞。

新奥尔良，命中注定就是矛盾的统一体。名字带个"新"，气质上却是当年法国人留下的保守怀旧，活在当下。400年来，它历尽人间冷暖，尝过的眼泪比欢笑要多得多。这座城市的生命力如同凤凰涅槃，在历经一次次烈火洗礼后，获得了更坚强的重生。

3

第二天一早，我同阿童说想去看密西西比河。密西西比河总让我想起美国电影《乱世佳人（Gone with the Wind）》。这部电影生动、感人地讲述了发生在美国南北战争前后密西西比河流域一个女人的爱情故事和奋斗过程，并把非洲黑奴被卖到密西西比河一带种植园的经历和命运穿插其中。影片中男女主人公和一些经典镜头给人留下深刻的印象。电影中经典的主题曲《我的真爱（My Own True Love）》，让我听到它时就联想起密西西比河。来时当飞机飞到新奥尔良上空时，我终于亲眼看到这条在晚霞映照下红得发亮，蜿蜒曲折流经新奥尔良的密西西比河。

"久住他乡为故乡"，在这里生活了几百年的非洲人，已经把这条河当作自己的母亲河。美国现代文学家马克·吐温（Mark Twain）先生在他的自传体游记《密西西比河上的生活》中，把密西西比河任性、放荡不羁的形象，生动地展现在世人面前，让世人感受到这条河具有巨大的破坏性，同时却又养育着大河两岸土地上的人民。

我们离开新奥尔良时，出租车司机告诉我们，2005年发生在这里的飓风把整个新奥尔良都摧毁了。他说，飓风过后，很多大的公司都撤离了新奥尔良，很多人为了工作也跟着这些大公司迁走了，新奥尔良人口由此急剧下降。但仍有很多像他一样的新奥尔良人坚持留在这里重建家园。

十多年过去了，今天的新奥尔良展现在世人面前的是文化的兴盛，社会的繁荣，不变的独特魅力。这些经历了苦难的人民坚韧乐观，活在当下，珍爱上天赐予的每一天。我想这大概就是新奥尔良独一无二的精神世界吧！

墨西哥，难对你说再见

1

最早接触墨西哥文化是在 1984 年。当时，我在中央电视台文艺部做导演，负责拍摄音乐片。那一年，改革开放像春风一样席卷祖国大地的各个领域，文艺界当然也不例外。

大学时我学的专业是作曲，并从小受外国音乐熏陶，所以把外国音乐介绍给中国观众是我力所能及和驾轻就熟的。于是，我选了一组外国民歌做了两集题目为《远方的旋律》的专题音乐片。我尝试用 MTV 手法拍摄它们，拍摄每一首歌时，我都按歌词的意思搭建了场景，还运用服装、化妆和演员的载歌载舞，尽量给观众展现歌曲所表达的情愫和异国情调。

记得其中有一首墨西哥民歌叫《美丽的姑娘》。那时，我根本没出过国门，依据看过的墨西哥电影，加上自己对墨西哥文化、习俗的想象，在东方歌舞团和原铁道兵文工团演员们的参与表演下，借助色彩艳丽的墨西哥服装、墨西哥大草帽，墨西哥姑娘黑头发上插着的鲜艳花朵，把拉美、中美洲一带欢腾集市上奔放的姑娘们与豪放的小伙子们之间热情的调侃，竭尽全力地展现出来，诠释了这首脍炙人口的墨西哥民歌的非凡魅力。节目播出后，得到了全国观众的广泛好评。

后来到挪威学习，之后改行做挪威三文鱼生意，得知因墨西哥湾受赤道暖流的影响，让挪威在大西洋海上养殖的三文鱼受益匪浅，由此对"墨西哥"这个名字又多了一层特殊的认识和向往。

2

2018 年年初，我和阿童终于有机会来到这个地处中美洲的国家。

墨西哥是中美洲大国，物产丰富，土地肥沃，属热带和亚热带气候，有"上帝赋予人类最富饶的地方"之美誉。它的玉米、仙人掌闻名世界。肥沃的土地孕育了墨西哥源远流长的人类史和文化史。世人皆知的古印第安人、玛雅人，都曾在此留下珍贵的文明遗迹。

玛雅人创造了自己的语言，玛雅语是世界上最古老的语言之一。他们发明了日历制度，对数学的运用也在欧洲人之前。他们还建起了金字塔，用于大型祭祀活动，祭天、祭地、祭神。这些都推动了人类文明的前进步伐。

继玛雅人之后，墨西哥本土六大地区与墨西哥湾的不同人种及文化也蓬勃发展。每当看美国西部片时，镜头里牛仔们展现的马术和人马相伴的深厚情谊，都颇让人感动。殊不知马匹是伴随

15 世纪末哥伦布发现美洲大陆，后由西班牙人从欧洲带进美洲的。墨西哥文化实际上就是在各种文化多样化的交融中，产生的世界上独树一帜的混合性种族文化。人们常说"混血儿"聪明、漂亮，墨西哥人正是这种优秀的"混血儿"。

从美国的迈阿密飞到墨西哥用时三个半小时。在墨西哥机场落地，最先进入眼帘的是中国华为手机广告。我是华为手机的粉丝，心里顿时对墨西哥这个远方的国家有了一种亲近之感。步出机场，放眼望去，所见墨西哥人尽是帅哥靓女。他们黑头发、黑眼睛，有着欧洲人棱角分明的脸面轮廓、沙滩般的肤色，以及健壮的体格。看到他们，就让我想起了当年拍摄的墨西哥民歌《美丽的姑娘》里布置的场景和人物。令我感叹的是，他们比我当年想象的还要美丽。

3

墨西哥城人口有 2000 万左右，是世界上人口最多的城市之一。城市四周青山环绕，冬无严寒，夏无酷暑，四季花开，常年披绿，是世界著名的旅游城市。宪法广场是城市中心，号称是继天安门广场、莫斯科红场之后的"世界第三大广场"。广场周围有国家宫、市政大厦、博物馆和大教堂，各式各样的建筑融古涵今、风格独特。市内有古代阿兹特克文明的遗迹，西班牙殖民时期欧洲风格的宫殿、教堂和独立后兴建的高楼大厦交相辉映，构成了一幅墨西哥民族特有的历史文化画卷。

被称为"墨西哥城之肺"的查普尔特佩克公园，是保留在人口密集、繁华喧闹的市中心的一片环境幽美的地方。傍晚和周末，各种各样的自发表演在这里尽显风采。

我和阿童参加了墨西哥城郊知名古迹太阳金字塔和月亮金字塔的一日游，这里是到墨西哥旅游不可不去的地方。

我们站在玛雅时代建造的太阳金字塔、月亮金字塔和上帝灵魂塔旧址上，感受到人与宇宙的关系是那样远又那样近，这关系让我们似懂非懂，充满对它的向往和憧憬。这块土地孕育了玛雅、阿兹特克、托尔特克、奥尔梅克和特奥蒂华坎等古印第安文明。墨西哥城是世界上博物馆数量最多的城市，这些博物馆各具特色，很多都在世界上享有盛名；全国则有上千个高规格博物馆。匆匆而行的我们仅参观了其中的人类学博物馆和墨西哥艺术博物馆。就这两个博物馆，已让我们目不暇接，受益匪浅，充分领略了人类文明的魅力和博大。在墨西哥，当地人有参观博物馆的良好习惯，不论公立还是私立小学的学生，每月都要参观一次博物馆。

墨西哥还是个遍地美食的国度，新鲜的水果蔬菜，香喷喷的玉米食品，让健身的人爱不够。墨西哥的玉米卷饼 (Taco) 享誉全世界。虽然我和阿童在这里没能好好吃顿墨西哥正餐，但每天酒店的墨西哥早餐已让我们赞不绝口，我们打破了饭吃半饱的惯例，一吃就吃到肚儿圆为止。好在我们每天都忙着参观景点和博物馆，回到酒店已很晚，有每天一顿的丰富早餐也就足矣。晚上睡觉虽然觉得有点饿，但这也是减肥的方式。减肥有两种方式，一种是锻炼，再就是少吃，而少吃则是最有效的。我希望这趟旅行后能

太阳金字塔

路转溪桥，
忽　　见

月亮金字塔

身轻如燕。我高兴地看到阿童的将军肚已经在消失的过程中。

墨西哥人热情奔放，平和礼貌。即使是穷人甚至乞丐，你都能感到他们的自我尊严和对他人的尊重。你只要对他们轻微地摇摇头，他们就会马上抱歉地回给你一个真诚感谢的微笑，然后转身离开。虽然只是一个小小的细节，但确实体现了一个全民都有深厚信仰的国家的风范。墨西哥全国信仰天主教的人占总人口的90%（其余10%也多有宗教信仰，包括伊斯兰教、基督教和其他宗教）。从偏僻的乡村到城市，教堂比比皆是，人们早晚到教堂做礼拜，是比吃饭还重要的一件事。

墨西哥人能歌善舞，充满浪漫情怀。墨西哥城从早到晚充满音乐，有热情奔放的拉美风，有深情忧郁的西班牙风。玛利雅奇音乐和萨巴特奥舞蹈融合了西班牙和印第安音乐舞蹈的特色，成为墨西哥独特的民族艺术形式。

4

在墨西哥的第四天，正巧赶上了一个周日，我们参观了坐落在市里的国家艺术博物馆，博物馆里挤满了来自世界各地的游人和本地人。本地人参观博物馆时衣着都很得体，很多都是全家出动。一些老人或腿脚不好的人坐着轮椅，在家人的陪伴下来参观。那天展出的艺术主题是"自然红色的起源和应用"。自然红色源自墨西哥。13世纪初，阿兹特克人发现将一种昆虫（中国俗称"花大姐"）进行蒸煮再加上不同剂量的食用油进行调配，产生的红色

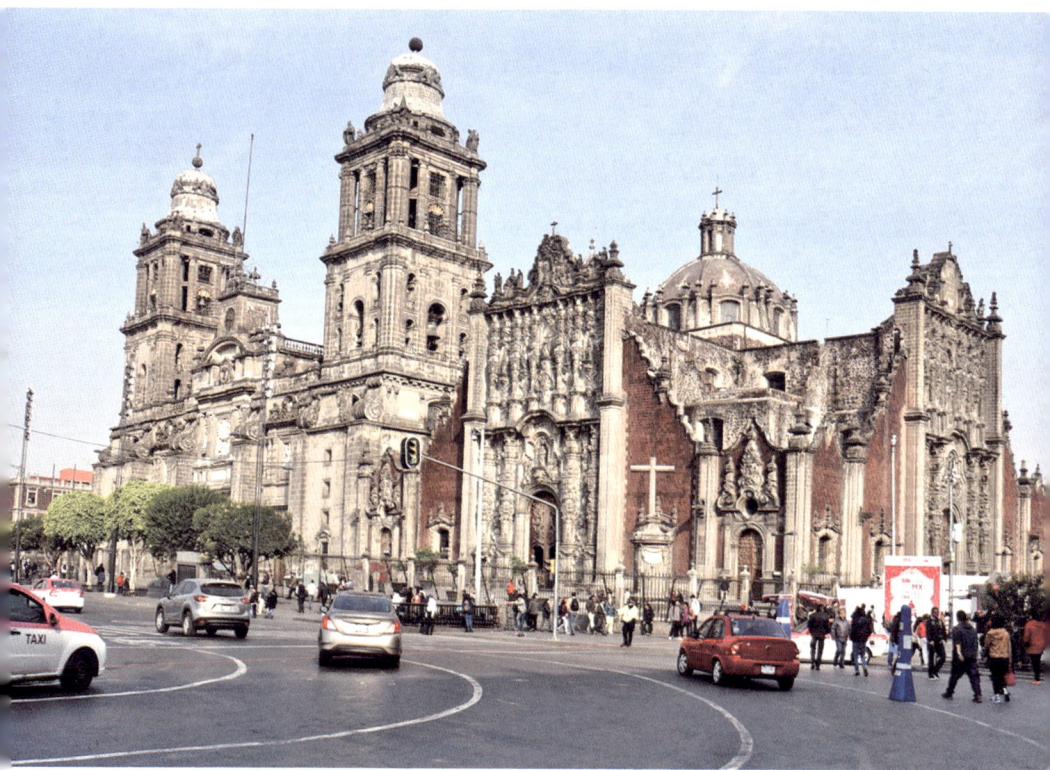

墨西哥市天主教教堂

可以用于纺织品、绘画、食品等很多方面。这是一项伟大的发明，以西班牙、荷兰、意大利为首的欧洲国家后来都引进了这种制造工艺。一时间各种不同的红色颜料遍布世界各地，上至皇室显贵，下至平民百姓；上至阳春白雪，下至下里巴人艺术，都开始使用。一直到 19 世纪化工染色原料的出现，才让这种自然红逐渐退出历史舞台。

我看到参观的人看展览非常认真、用心。由此也看到，墨西哥不愧是一个全体民众文化素质都非常高的国家。这个国家兼具美洲的雍容大度和拉丁美洲的热情奔放。由于它躲过了两次世界大战的残酷毁灭，其古老的历史文化的传承是持续不断的。墨西哥人始终善良、宽容地看待这个世界，他们在上帝给予的肥沃土地上心满意足地安居乐业。

在墨西哥四天的旅行很快就结束了，我真的喜欢这个美丽迷人的国度；我真的恋恋不舍，真的希望人生还有幸再来到这里。

古老迷人的墨西哥——真的难对你说再见……

从芬航看芬兰

从挪威回北京，我习惯乘芬兰航空公司的航班。这家航空公司我从 1991 年开始用，跑中国这条线一直以它为主。那时芬航还是个不起眼的中小公司，但现在看来，这个公司对自己的定位真是有远见。芬航的定位是以中国市场为主的亚洲市场。

20 世纪 90 年代初，世界上的很多国家还看不到中国人在世界旅游市场上的潜力。当时的芬航在开拓市场时，只要看到有潜力、可以帮芬兰航空推销机票的人，就会让这些人拿到一定范围内的售票代理权。那时芬航找代理人或打理公司的职员门槛很低，标准就是我们敬爱的小平同志那句话："不管黑猫白猫，抓到老鼠就是好猫。"

我认识在挪威做中国餐馆的一个小伙子。他随父母从中国来挪威时小学都没毕业，但在中国餐馆工作，认识了很多挪威华人和喜欢吃中餐的挪威人。于是他就成了芬航在挪威的售票代理人之一。我有很多年机票都是从他那儿买的，此外我还帮挪威朋友从他那里买。只要从他那里买票，票价都会比直接从芬航在挪威的办公室买的便宜些。据这个小伙子说，他得到的代理费就是一年好几次全家人回中国的免费头等舱，这对一个当时省吃俭用的挪威华人来说，已经美得找不到北了。那时的航班并不像现在，舱位有如此多的级别区分，什么头等舱、高级公务舱、公务舱、高级经济舱、经济舱，那时就是头等舱和经济舱。

这样的好日子小伙子享受了好几年。直到有一天，他对我说他不给芬航当代理了，因为现在芬航让他卖的票要比大家直接从芬航办公室买的贵。我明白这不是小伙子做得不好，是芬航已经长大了，不再需要像他这样的人做他们进入市场的敲门砖了。芬航已经自己成功地进入中国乃至亚洲的大门。接下来芬航迈出了大胆的一步，把中国旅游团率先带进了芬兰，那时在欧洲申根签证的11个国家中，其他的申根国家对中国的旅游团还是大门紧闭。

值得佩服的是芬兰人的远见，经过30多年的努力，芬航今日已成为世界上最大、最好的航空公司之一。它是芬兰人的骄傲。有时想想，做人就要学芬兰人，不管别人怎样，我有我的目标，为了这个目标，努力、忍耐加坚持。

芬兰共和国位于欧洲北部，与瑞典、挪威和俄罗斯接壤。相比其邻国，芬兰没有什么可炫耀的天然资源，有的只是事在人为的创新和高科技。就拿芬兰国际机场来说，占地面积不大，但经过几十年不断提高有限空间的利用价值，机场在能接待更多旅客的同时，仍不失舒适、便捷。

相比芬兰，挪威就大不一样。挪威有海底石油、挪威森林、挪威港口、挪威三文鱼等丰富的自然资源做国家经济基础，一句话，就是有钱。国家不大，机场绝对是欧洲最大、最宽敞和最舒适的。

芬兰在历史上是受过别国侵略的，自知国家不大不能招惹是非，做事很低调；但并不是没有了血性。芬兰著名的作曲家西贝柳斯（Jean Sibelius）的重管弦交响乐《芬兰颂》雄伟、庄严，是世界交响乐曲中最鼓舞、最震撼人心的一首。它真实表现了19世纪初芬兰人民在沙俄帝国侵略下的痛苦和反抗，成为芬兰民族精神的象征。

最近，我在芬兰机场登机口，听到有人问芬航机场工作人员有没有超级头等舱，希望能从头等舱升上去。芬航工作人员有些惊讶，但而后很快抱歉地说："对不起，暂时还没有，但只要有客户需求，我相信我们会有的。"我听了舌头都要伸出来了，有些人已不满足于"最好之一"了，而要享受世界上的"最好没有之一"，"超级头等舱"也许指日可待了！

我和妹妹这次同时出发去不同的地方，临行前互相嘱咐，年纪大了，别太省了，对自己好一点，虽然不能要求享受"最好没有之一"，我们也要善待一下自己，享受一次"最好之一"。

长途飞机像个"养猪场"

　　2018 年的春天姗姗来迟。为了避开清明扫墓高峰，全家人提前给父母扫完墓，3 月 25 号一早，我和阿童搭乘芬兰航班，飞往欧洲的家。

　　为了让旅途舒适些，我们用积分换了个公务舱。公务舱的服务就是不一样，登机后，靓丽的空姐马上端着托盘，笑容可掬地站在我们的座位面前，托盘上放有四个芬兰特别工艺制作、盛满液体的水晶杯。我看了看，一杯是香槟，一杯是上好的橙汁，一杯是蓝莓汁（我知道这是芬航特制的饮料），还有一杯是芬兰的纯净水。我顺手拿了杯香槟，为的是缓解安检时带来的紧张，为自己压压惊。空姐又端来一小盘黑芝麻虾球让我伴酒，如此这一早赶飞机的紧张便烟消云散了。

　　没多久，飞机起飞，此时的我系好安全带，戴上耳机，听听古典音乐和好听的爵士蓝调，感觉还是挺享受的。飞机上升到一定高度后，安全带信号解除，空姐们像打了鸡血一样精神抖擞地忙了起来，她们把今日飞机上的酒单、菜单发放到每个客人的手里，机舱里也飘散着饭菜的诱人香气。芬航挑选的红、白葡萄酒是很有讲究的，经常是某某皇室的王储、王妃或某位知名人士所爱，再就是法国、西班牙、意大利等酿酒大国有百年历史的酒庄酿制的名酒佳酿。餐后的甜酒也是五花八门，特别是酒单，对每一种酒的介绍都很详细，看完酒单如同简单地上了一堂洋酒课。

芬航正餐是传统的西餐套路，前餐、正餐加饭后甜点配咖啡或茶。前餐、正餐、甜点都有若干不同选择，尽力照顾到亚洲、欧洲和中东穆斯林的不同饮食喜好。我选餐自然偏向亚洲口味，前餐的沙拉里我发现有香椿菜，这菜小时候妈妈告诉我们春天一定要吃，真没有想到今天在飞机上吃到了，心里在怀旧的同时又多了几分温暖。

正餐我选的是鸭肉，鸭肉是凉性的，适合春天吃，配菜菠菜也是我的所爱。几种甜点可以任意挑，即使挑两份，空姐也让你觉得她们喜出望外，好像是你在给她们捧场。

记得有位人士介绍坐飞机经验，其中谈到慢慢吃东西是在飞机上消磨时间的最好方式。这顿航餐由于好吃、讲究又有创意，不知不觉中吃得我有点过了，感到身体有些不舒服，好像分分秒秒都在发胖，心想这下了飞机要做多少运动才能恢复到上飞机前的状态呀，心里不由地焦虑了。

在我焦虑这工夫，空姐们已经把客人们用餐后的小桌子收拾干净，把机窗的遮光板拉下、机舱的灯光调暗，为大家营造睡眠环境。其实那时机窗外阳光灿烂，北京时间才下午一点。我拿出瑜伽老师给我的书《转心向内，即是出路》，想让自己吃多了不活

路 转 溪 桥，
　忽　　见

动的焦虑在这本书里找到点安慰。想一想都可笑，酒足饭饱，一个安静的小空间，再加上睡意浓浓，没两分钟就抱着书本睡着了。

大约睡了有半小时，我猛然醒了，睁眼便看见空姐和蔼可亲的脸在我面前晃来晃去。空姐看到我醒了，温柔地俯身轻轻问我："想吃点什么吗？"我惊讶了一下，迅速地摇摇头。空姐好像理解了我，同情地给了我一个遗憾的表情，但又补充一句："来一个哈根达斯的冰激凌吧？这是一个新款，味道好极了！"坐我旁边的阿童睁开眼睛回答道："好主意，我要来一个。"然后又怂恿我。我想来一个就来一个，消磨时光嘛。

慢慢吞吞地刚吃完冰激凌，一位绅士又站在我面前，看他的穿着打扮可能是机长。他笑眯眯的，像个老熟人一样风趣地对我说："这时您吃点新鲜的草莓和蓝莓是健康的选择。"面对这样一个超级有魅力的绅士，也不管自己想吃不想吃，马上就微笑地点了头。随后，一个大大的果盘就摆在了我的面前。

阿童是个甜食老饕，不知什么时候在空姐的劝说下，要了个甜点拼盘外加一杯葡萄牙甜酒。我瞟了一眼他的肚子，发现比上飞机前又大了一圈。看着他津津有味地吃着甜点，我气不打一处来，恶狠狠地对他说："懂不懂什么叫自觉呀，下飞机你还走得动吗？"阿童又施展出他诡辩的伎俩，什么他有两个胃，一个是装普通食物的，一个是专门装甜食的，他妈妈活到94岁还每天吃甜食……我懒得听他侃大山，心想如果他那时能劝他妈妈少吃点甜食，没准老人家还能多活十年。

我吃了几块水果又困了，迷糊了一会儿，睁眼一看，之前让我吃冰激凌的空姐又站在我面前。这次她没说话，调皮地给我使了个眼色。我马上明白她的意思，她想知道我还想吃点什么。我无精打采地向她摇摇头，然后假装困了，闭上了眼睛。

离到芬兰还有四小时航程的时候，我前后左右的旅客都不想睡了。这时，空姐们集体出动，打开了一些遮光板，机舱的灯光也调亮了。空姐们带着她们灿烂的微笑，开始忙着给旅客端咖啡，端茶，端酒，端各种各样的小吃。

看着周围的旅客酒足饭饱又睡了一大觉后，又开始了新的一轮吃喝，我脑海里勾画出一个现代养猪场：一个个可爱的小白猪，在美丽的饲养员的悉心养育下，吃了睡，醒了再吃，没出两个月，小猪个个变成达标的大肥猪，饲养员姑娘高兴地哈哈笑……

正想得来劲，前两次给我送食物的空姐又站到我和阿童面前。我把脸转向窗户，不给空姐留出诱惑我的任何机会，只听到阿童和空姐又说又笑，不外乎是空姐在说服他再点些甜点和好酒。他绝对没有勇气对热情的美女说个不字，先是一盒冰激凌；美女说，再来一杯红酒？不用猜也知道阿童一定微笑点点头；美女继续说，再配一杯咖啡怎么样？我听到他绝对是言不由衷地说："您的安排太棒了。"我赶紧捂着嘴不让自己笑出声。我以为空姐已经走了，转过头来，没想到空姐正看着我，她轻声问我："您还想吃点什么？"我听见了，但还是故意大声问了句："您说什么？"我心想她怎么又提这个问题，难道我是她的小猪吗？空姐微微一笑，对我清楚地重复了一句："您想再吃点喝点什么吗？"我已有了前面养猪场的概念，大声但客气地对她说："不用了，完全不用了！谢

路转溪桥，
忽见

谢您！"心里则嘀咕，求您别再喂我了，我不是您的小猪啊！

离芬兰还有一个半小时航程时，机上的第二餐又正式开始了，这次是机上大副为我们公务舱旅客服务。他建议我：有一个最棒的炒面加小肉丸子，是中国名厨刘先生做的，如果我错过了这么好的美味，他和我的阿童都会伤心的。他的俏皮话展现出他阳光潇洒的一面，我服了，当猪就当猪吧！我和阿童在本来就满满的胃里使劲又塞下了一顿饭。

航班降落在芬兰机场，我快步走出机舱，有一种要在机场跑几圈的冲动。阿童在后边边赶边喊："你疯了，走那么快干什么？"我说："咱们终于从'养猪场'逃出来了。"我知道他不懂我说什么，只听他跟在我身后说："我的肚子怎么这么大了？上飞机前没这么大呀！明天去做体检，但愿一切正常。"

时过境迁，几年前我们还在为吃喝奔命，转眼间就怕因为吃影响健康了。在北京时，我和朋友们一起上过一堂道家的"春分辟谷课"，道家对此的理论是：辟谷调理五脏顺序，脾胃肝肾肺心。早晚打坐，白天面向南方，晚八点后面向北方；每天只喝水，吃些小果仁。数天之后，我的朋友告诉我他在春分辟谷 12 天后心情愉悦，他感谢身体的付出。

人类的进化越来越有境界，我想长途飞机也要跟上人类进化的脚步，把"养猪场"变成辟谷课的最好课堂才好。值得怀念的是那些空乘帅男靓女无微不至的热情服务，离开飞机刚几个小时，我就开始怀念"养猪场"，怀念那些美丽的"饲养员"了。

B

只　为　寻　找

寻　找

在某个地方，有一个属于我们的空间。那里和平宁静，充满自由的空气。它就在某个地方，等待着我们去寻找。

——摘自 Rhydian 的歌曲专辑《Somewhere》

法国东南角的尽头有一个不起眼的、临近地中海的边境小城镇叫芒通，它位于摩纳哥与意大利之间，是地中海岸著名的疗养胜地。据说身患绝症的英国医生詹姆斯·贝内特，于 1859 年冬天来到芒通等待死亡，却在 1861 年奇迹般地痊愈。后来他把这段经历写成了一本书。芒通因此声名远扬，吸引了福楼拜、曼斯菲尔德、乔治·桑等大批文学家和艺术家前往；而欧洲皇室如欧仁妮皇后、维多利亚女王、阿斯特丽德王后、茜茜公主等也在这里修建了度假别墅。

1

2014 年年底，我来到法国的这座小城镇。因由是 2011 年我的父母先后去世，生活中没有了父母的日子使我初次尝到人们所说的失去亲人的痛苦。这痛苦绞着我的心，我发现自己慢慢从一个天性乐观、朋友满天下的人变成了一个内心时常充满紧张和恐惧的人。我不愿意和朋友们联系，每天钻在工作中，但对工作又失去了以往的热情和兴趣。我突然感到自己怎么也快乐不起来了。人真是很奇怪，虽然经历过生活的大风大浪，但可能在一个众人都认为很平常的事情上被打倒。父母去世时已是近 90 岁的高龄，生老病死本是人之常情，但这个坎儿我却很难迈过去。忧郁一天天压着我，有时我真快喘不过气了。妹妹再三邀请我去她那里住一段时间。于是我来到了芒通。

我的妹妹 1982 年从北京到挪威艺术院校读研，开始定居在挪威。挪威因自然、人文、社会福利和制度等各种优越条件而多次被联合国评为最适合人类居住的国家，但挪威较长又缺乏日照的冬季造成抑郁症和癌症的多发，尤其是外来移民，很难适应挪威的冬天。于是 20 世纪 90 年代末，妹妹从挪威搬到芒通居住。

沿地中海岸而建的城镇一直被誉为"地球上最好的疗养胜地"。流动的大海带来的清新空气，滋润但不潮湿；一年四季充足的阳光，明媚但不暴烈。芒通则是地中海岸这些城镇中的一颗明珠。因为它坐落在海湾里，地中海上的暴风骤雨不会直接冲击它，这使它一年四季温暖宜人的气候更上一层楼。说到地中海岸的疗养

路 转 溪 桥，
忽 见

芒通日出

胜地，很容易使人们联想到傲慢的上流社会。然而芒通却仍然保持着它曾作为千年渔村的浓厚纯朴气息。这个宁静而古老的小镇，其地中海风情，让人情不自禁地着迷。华美的巴洛克式别墅与生长着各种奇花异草的花园散布在山腰间，俯瞰着地中海变幻莫测的海水和蓝天。漫步在芒通旧城狭窄的石子路上，观赏路旁民居窗户、阳台、大门口精心、典雅的布置，是一种享受。一直通到山顶教堂的石板台阶，仿佛在引导你回味这个小镇从昔日到今日对上天的每一份虔诚。

每天清晨，我和妹妹迎着朝阳沿着海岸向这里的一所免费成人学校走去，心里充满对在这里上法语课、瑜伽课的浓厚兴趣。看着班里从 20 多岁到 90 岁不同年龄段的同学们专心听课而又努力锻炼的劲头，心里无不受到鼓舞。晚上，我和妹妹坐在平台上，欣赏着眼前一无遮挡、辽阔无垠的大海，海面泛着微波，在光线的变化下，不停变幻出各种神奇的色彩。记得有人曾这样形容芒通的海："她蓝得有点不真实，就像挑染出来的一样。最幸福和惬意的事情，就是坐在岸边的长椅上，面朝大海，眯上眼睛，慢慢地让身体吸收这份美丽和悠闲。这时你会发现自己，即使在物质上你一无所有，也可以享受这样天堂般的生活。"

我和妹妹时常回想起我们遥远童年的生活片段。回首往事，我们没有因为碌碌无为而羞愧，也没有因为虚度年华而悔恨。

妹妹是个艺术家，她从 9 岁开始爱上绘画后就再也没有停手。自从 1982 年到挪威后，几十年的摸爬滚打，使她成为欧洲一个小有名气的画家。她每年都在欧洲各国开画展，有时也在美国。她也曾在北京中国美术馆举办过个人画展，作品也曾在上海国际艺术节参展。她的作品，抽象派画风中流露出对人类文明，特别是中国古老文明的尊重和热爱，给人印象深刻。她的画曾被挪威文化部印刷成圣诞卡赠送给各国。她在 40 岁就得到挪威政府颁发给"国家有成就艺术家"的政府津贴。她是一个活到老学到老的人，每天的生活都安排得满满的。即使她现在已掌握了六种外语，但上午仍去成人学校上课。下课回家后就是看书、画画，日复一日，从不间断。我想到有人这样说过，人什么东西都可能失去，但你的知识不会失去；只要有知识，你就有力量。学习使妹妹成为一个强人，一个充满快乐并把快乐带给别人的人。

2

法国流行这样一句话："活在巴黎，老在芒通。"的确，居住在芒通的老人很多，这和芒通良好的社会秩序、医疗条件，以及政府对市民们的精心呵护有关。一天，我在路上看到一个人被自行车撞了，她随即坐在路边开始揉腿，从她被撞并开始揉腿，到救护车到达现场，只间隔了五分钟的时间。又一次我看到路上有处人行道上补了一小块，补的地方比连接的老地方稍稍高出了一点，工人随即在衔接处涂上醒目的黄颜色，以提醒人们走到这里要注意。这么细微的人文关怀让我很感动。

每天清晨，洒水车都会把街道打扫一遍。小城镇到处都种满了鲜花，我常常看到工人们在精心拾掇它们。我有时想，这个小镇的居民到底交了多少税，使政府能把这里布置得这样好？真是了不起。走在芒通的街上，我开始观察周围的人，看看他们是怎样享受这里的生活的。这里的人表现出的对生活的热爱和珍惜当下每一刻的态度，让我赞美。即使一些老人已很年迈，行动不便，但他们优雅的举止，整洁、考究的穿戴无一不流露出他们对生活的热爱。行人互相问好，不管认识还是不认识。对迎面走过来的人，过往双方都抢着主动侧身相让。男人不管在什么时候都坚持女士优先，给女士开门；即便是上了年纪的男人，看到女士和小孩需要帮助，也绝不会视而不见。儿童骑车从行人身边经过，都会抱歉地说："对不起先生，对不起太太。"到鱼市和蔬菜店买东西，赶上节日前夕，老板都要给前来买东西的主妇们一束小花，并礼貌地亲亲她们。优雅的环境，人与人之间友善的相处，让人感到活着的美好。

3

圣诞节前夕，学校要放假了，最后一堂瑜伽课后，班里同学提议到海边咖啡馆去坐坐。那天，阳光灿烂，大海安静地躺在我们身边，像一块巨大的蓝绸缎般华丽，那华丽的光彩反射在每个同学的脸上，使大家看起来都那样精神、美丽。品着散发着特有香气的法国咖啡，大家开始讲起各自的故事。

瑜伽老师也是十几年前从挪威搬到这里居住的。她给大家教课是义务的。她告诉大家她今年 62 岁，我听了暗暗惊讶。我以为她最多也就 50 岁。她的身材像个舞蹈演员，全身没有一点在她这个年龄常出现的赘肉，肌肉紧实、匀称。更难得的是她那张充满阳光、总是笑眯眯的脸。她说 2003 年，她在挪威医院被查出乳腺癌，医生建议她马上切除乳房，以防止癌细胞扩散。我在挪威时听说，曾经一度挪威妇女患乳腺癌的比例达到 30%，一般情况的治疗都是切除乳房。我们这位老师不愿接受这种治疗。她没有消极、悲观，而是开始翻阅各种有关癌症的书，去了解这个疾病和寻找适合自己的治疗方法。她曾到过中国求助中医。中医讲究养气、练气，提倡食物疗法、自然疗法、心情疗法。她很接受中医。

之后，她离开挪威搬到芒通，开始练习瑜伽，在练习瑜伽中学习对气的运用，这也就是她在课堂上常花一些时间让我们学习的瑜伽呼吸法。她说，人体像是一个奇妙的机器，如果运行得好，机器本身就有能力去修复自身的偏差。练瑜伽经常和练静坐、沉思连在一起。这主要是让人的意识主动去感觉身体的每一部分，然后用意识控制每一部分。当你发现身体哪部分不舒服，就说明身体这部分有被堵住的地方，身体循环不流畅了。瑜伽、静坐练得好，可以让人体的意识主动去打通、激活这部分不流通的地方。这样几年坚持下来，在她五年前回挪威医院的复查中，医生发现她的癌细胞完全消失了。老师讲完这个故事，大家都很受鼓舞。

班里有个 83 岁的老妇人，我第一次在班里看到她练瑜伽时，很是吃惊。她的动作不能说非常标准，但也相当不错了，课上所有的动作她都能跟下来。她看起来已不是很健壮了，但她的举止能让人感到她的精神气很足。她是法国一个小有名气的画家，她

说圣诞节后她要在摩纳哥举办个人画展，并邀请班里同学前往。她常去我妹妹家，妹妹与她很熟。她的老伴据说是第二次世界大战中法国的英雄，在诺曼底登陆时，腿被炸残，从此离不开轮椅。每天傍晚，我和妹妹都能在平台上看到这位老妇人推着坐在轮椅上的老伴在海边栈道上散步。有时会看到他们停下来欣赏美丽的夕阳，老妇人时不时会在晚风中为老伴系一下松开的围巾；有时也会看到老先生抬起头面向老妇人快乐地微笑，然后二人互相深情地对望，像一对热恋中的情侣。妹妹对我说，那是一幅多么美丽的画呀！

　　老妇人曾告诉妹妹她为什么练瑜伽。由于老伴生活的不便，老妇人承担着很重的家务。他们有两个孩子，在孩子小的时候，老妇人除了照顾老伴也要照顾孩子。就这样几十年过去，孩子们长大了，离开了他们。老妇人感到自己的身体开始一天不如一天，她担心有一天不能再照顾好老伴，她也不愿拖累孩子，让他们来帮忙。有人建议她每天练练瑜伽，增强体力和提高身体的灵活性。于是她开始上瑜伽课，三年下来，她觉得自己的身体不仅没有衰退下去，反而更有精力了。她说为了能多一天照顾好老伴，她要努力。大家都说她从身体到头脑都比她实际的年龄显得年轻。她说她早已不再想自己的年龄，现在的说法是人能活到 120 岁，这样看来，她还年轻。她要向这个新的时代带给人们的新的年龄目标努力，为了老伴和孩子们，她要让自己健康地活下去。

　　我仔细看着老妇人画展请柬上的一幅作品。那是一幅很写实、很浪漫的画。阳光、海滩，画的前景是一对海鸥，画的远景里，隐隐可见一个少女推着轮椅，少女美丽的长发在飘动。看看眼前的老妇人，再看看这幅意境深远的画，我浮想联翩。

班里也有几位先生来上瑜伽课。有一位是女性们都动心的帅哥。他在课堂上总是向每一个人温文尔雅地打招呼，下课后会走到老师面前，给老师一个吻，用瑜伽的方式感谢老师。他是法国最大的服装连锁店在芒通店的橱窗设计师。由于芒通紧靠意大利，所以他设计的橱窗既有法国服装典雅中透着高贵的特点，又有意大利华丽外露的那种热情。女人只要一看到那家商店的橱窗，就不能不进到店里去看看。他说："服装业竞争很厉害，几年工作下来，我感到创新的挑战性越来越强。"前几年，他得了一对三胞胎，一时间，家里家外的忙碌让他很不适应。先是感到脖子和脊背僵硬、疼痛，之后人的情绪也变得很低落，易烦躁和发脾气。后来开始上瑜伽课，通过静坐，集中意识，放松身体，目前感到自己的状态好多了，脖子和脊背不再像以前那样僵硬、疼痛了；神经当然也由于身体健康开始松弛，现在已能很好地控制自己的情绪了。

班里做什么工作的人都有，各种肤色的人都有。当大家在一起聊天、喝咖啡时，谁也不觉得谁陌生。这里没有种族差异，没有贵贱分别，也没有性别歧视，有的是大家对身体健康的一致希望，还有把快乐带给自己和别人的心愿。

4

在离开芒通的机场大巴站，我碰到一位法国女人，有着一张充满阳光的面孔。我们一起等车去机场，于是我用拙劣的法语开始和她聊天。她很痛快地告诉我她下个月就 60 岁了，我很惊讶，她与我年龄相仿，但依旧保持着健康美丽的身材。她说她已向公司递交了辞职信，并用一生的节余在芒通买下一个小公寓。她虽然一直住在巴黎，那里有她已成年而且很贴心的孩子们，有她熟悉几十年的生活环境，但她认为芒通这个小镇更适合她现在的年龄。尽管公司希望她再多留两年（法国大多数人退休的年龄最早是 62 岁），但她说，没时间再等这两年了，即使这两年没有退休金她也不在乎了。人生走到这个年龄真不容易，她要把剩下的有限生命时间牢牢抓在自己手里。她还告诉我她一生都很喜欢木偶剧，年轻时，常抽时间去排练和演出。她现在和老公筹备要自己在芒通办一个木偶剧团。芒通的文化底蕴很深，法国多才多艺、前卫又叛逆的艺术家让·谷克多（Jean Cocteau）百年来给芒通留下了很多绘画、电影剧本，还有他的著名小说插图和陶艺作品。临分手时，这位女人热情拥抱我话别时又加了一句："我终于要做自己最喜欢的事了。"我一下受到启发。

2015 年年初我回到了北京。从儿时开始，一生中接触过的很多人，彼时又碰在一起，一拨接一拨，这些在不同年代与我同行过的人，把我曾经走过的日子又拼凑在一起。于是我想慢慢写写自己能记住的、经历过的故事，这样试着让自己的人生再来一次。在这次的人生中，我会用心体验和亲爱的父母、同学、朋友们在一起的时光，我会好好品味过往岁月中的酸甜苦辣，成功与快乐。我想这也是对自己生命的一种可能更愉悦的延长。

乡愁里的故事

2017 年 12 月 14 日，诗人余光中老人于 90 岁高龄离开人世。我看到网上很多人都在以自己的方式纪念这位诗人。怀念诗人的哀愁激发了很多人作诗的灵感，我没想到周围的人今天都成了诗人。当然谁的诗也比不上光中诗人这首脍炙人口的《乡愁》：

> 小时候，乡愁是一枚小小的邮票，
> 我在这头，母亲在那头。
> 长大后，乡愁是一张窄窄的船票，
> 我在这头，新娘在那头。
> ……

1

我初次读到这首诗是在台湾。那是 1999 年，我第一次有机会到台湾出差。当时在大陆是无法办理去台湾的通行证的，但可以在香港办理。大陆和台湾实行互通是从 2008 年开始，真正互通全民旅游是 2010 年后。

我还记得第一次去台湾的心情。坐在香港去台湾的飞机上，我不断在想：台湾会是什么样？台湾人对大陆人会怎样看？

飞机在当时的中正机场，也就是现在的桃园机场顺利着陆，然后我很快通过安检走出机场大门。听着耳边嗲嗲的普通话，我顿时觉得一股暖流涌上心头。很奇怪，这里的一切并不陌生，就像回到家乡一样亲切。我瞪大眼睛四处看，竖着耳朵仔细听，深深地呼吸、再呼吸，想要尽可能把在这里感受到的一切都带回北京，带给我的父老乡亲和朋友们。

在等候机场到市内的大巴车时，我接到大陆打来的电话，在讲电话时，我突然发现周围有很多人用惊奇的眼神在看我。我匆忙结束通话，若无其事地向左右看我的人笑笑。我听见有人在悄悄地说："她是从那边来的。"这话听着有点刺激，像电影中的台词。这时，大巴车来了，我不知为什么突然变得特别客气，也许下意识想让这里的人觉得从大陆来的人是有礼貌的。我一边往车后排座位走，一边向车上所有的人点头、微笑，然后坐在大巴车最后的角落位置上。车到站后，等车上的人都走了，我才最后一个下车，然后飞快地投身到街上来往的人群中。这时，我肯定没人注意我了，才从容地整理了一下头发和衣服，提上行李准备去找酒店。

突然，眼前一个年轻人挡住了我。这张脸我在机场等车时见过，记得他在我身边来回晃了几次。此人开门见山地问我："你是

从大陆来的吧？"我点点头答道："从北京来。"年轻人开始激动了，话匣子一下子打开，一口气问了我一串问题，边问边捎带介绍自己，最后问我能不能把手机号码留给他。我毫不犹豫地把号码给了他。从他刚才的一通询问和自我介绍里，我已了解到他父亲是福建泉州人。年轻人让我感动。我马上接受了他明天想到我下榻的酒店拜访的请求。分手时，他告诉我他叫思泉。

回到酒店，我忙着开会一直到凌晨，刚合眼睡了一会儿，手机就响了，电话里是思泉的声音，他问我一会儿他来接我到他家是否可以。他说他爸爸听说我是从北京来的，想请我到他家里吃顿便饭。我白天正好没预约，欣然答应。

在去他家的路上，他说先带我到台湾著名的风景区阳明山公园转一下。当时是 2 月下旬，前夜的一场春雨使清晨稍有凉意，思泉从车里拿出一件毛衣让我披上。这种贴心的关爱让我觉得像是走在回家的路上。

从台北市开车到阳明山公园用了不到 20 分钟。思泉告诉我，阳明山公园是台湾最大、景色最美的郊野公园，旧称"草山公园"。据说这里有上千种不同的植物，而且四处清溪，小桥流水，星罗棋布的温泉孔冒出的薄薄雾气萦绕空中，把漫山遍野的杜鹃花和樱花轻柔地搂抱其中。这种奇特的大自然组合把阳明山装扮成了人间仙境。我一路走一路赞美，思泉骄傲地告诉我他的家就在山下，节假日他们全家常会骑车到这里野餐，平日也会时不时到这里漫步爬山。听他这样说，我羡慕不已，我问他："住在这么好的地方，你还想回泉州吗？"思泉说："我生在这里，我喜欢这里，但爷爷和父亲天天想回泉州的家，于是我也觉得我真正的家是在泉州。"一路上，他给我讲了更多他家的故事。

2

思泉一家按中国传统的话来说是四代单传，就是说他曾爷爷、他爷爷、他父亲和他都是家里唯一的男孩。

思泉父亲姓李名紫光，1948年年满20岁，从泉州师范学院毕业，全家上下皆大欢喜。由于紫光父亲和紫光常年在泉州和台北之间做茶叶生意，台北的一位老客户很欣赏紫光父子的为人。老客户家只有一个女儿叫林子，林子和紫光年纪相当，是紫光在泉州师范学院低一级的校友。每逢节假日，紫光母亲都会让紫光把林子带到家里吃饭。紫光和林子最爱吃母亲给他们做的蚵仔煎。那是泉州独有的美食，新鲜的生蚝加入韭菜，再用精纯的番薯粉调拌在一起放到锅里煎，做出的成品口感又黏又焦又脆，并巧妙地将肥美生蚝的鲜味充分释放。有时学习紧张，紫光和林子没时间回家，紫光母亲就把做好的蚵仔煎给他们送到学校。

紫光和林子的亲事已是两家虽未明言但早已默许的。1948年紫光毕业后，两家决定待到下一年6月林子一毕业，就让他们马上成婚。

1949年清明节刚过，紫光父亲带着紫光到台湾去收购即将上市的新茶叶。父子俩在台湾跑了一圈办完了事，5月19日准备回家，一早到了台北去泉州的码头，却见码头已受到军事管制，两岸之间来往的客船全部停运。当时码头全乱了套，我可以想象出在那种情况下，紫光父子和所有等待乘船的人焦虑的心情一定达到了崩溃边缘——万万没想到这一等，半个世纪就过去了。时过境迁，紫光和林子的父母都已在苦等中去世，紫光和在泉州的林子也都有了各自的家庭。

3

阳明山公园脚下有一个繁华的小镇子，街道不宽，但弯弯曲曲的，很长。街两边有很多敞开门的小店铺，卖各种小吃，隔几个小店铺就会出现一个敞开的小佛庙。我看到这里的人买菜前、买完菜都会一顺脚到小佛庙里，拜拜佛祖，烧根香，和佛祖说几句话，然后再离开。整条小街让人感到像《清明上河图》里的画面，充满人气，繁华又悠闲。

思泉带我走进一家卖粽子的小店铺，还没进店铺我就听到很多人的笑声和谈话声。从店铺穿过是一个挤满了人的很大的后院，大家一见到我就马上聚在我身边，七嘴八舌地问起"那边"的事情。奇怪得很，我在这么多陌生人中竟没有一丝陌生感，就像回到久别的家里。我和大家边吃边聊，时不时还唱一首大家都会的歌，真是开心、热闹。未等尽兴，天色已晚。

从我进到院子里，紫光一直在我身边。彼时，他已是奔 80 岁的人了，从少年到白头，50 年的乡愁和等待都刻在了他的脸上。紫光话很少，从头到尾一直认真地在听我说。我记得他问了我一句："吃没吃过泉州的蚵仔煎呀？"当他问我这句话时，院里一下子安静了，我看着他，一时难受得说不出话来。他慈爱地对我笑了一下，慢慢地抬起头深情地看着天边泛出的淡淡晚霞。我猜想他一定是在思念母亲和林子，思念泉州的家乡。

到了该说再见的时候，紫光从衣服口袋里拿出一张纸，说让我留作纪念。只见白纸上用楷书工工整整地抄着余光中的《乡愁》。我俩互相看着，一切尽在无言中。

......

后来啊，乡愁是一方矮矮的坟墓，

我在外头，母亲在里头。

而现在，乡愁是一湾浅浅的海峡，

我在这头，大陆在那头。

谢谢你给我的爱

1988 年我在一家挪威公司找了个工作，这是我来到挪威的第二个年头。公司派我到香港出一趟差。两周后，我从香港返回，我的挪威朋友阿童到机场接我。

1

阿童是我在挪威电视台认识的。那是 1986 年，我刚来挪威，经一位曾驻中国的挪威报社记者介绍，我有幸在挪威国家电视台做介绍中国的电视节目。

记得当时电视台的台长把文艺部和教育部的两位领导叫到办公室，当着我的面问他俩谁的部可以安排我实习。按理说我去文艺部比较合适，在这次和三位领导见面之前，我已经跟文艺部导演有过实况录像合作的经历，自认为在异国他乡也能独立制作节目。但文艺部领导说他部里人太多，一些在职的人员连办公桌也不具备。我曾去看过文艺部的办公条件，领导所言不虚，甚至比我在中央电视台老地址的平板房还要拥挤。

教育部的领导就是阿童，他说他那里有地方可以安排我，事情就这样搞定了。

我和阿童从台长办公室出来，当时是冬天，白茫茫的雪厚厚地覆盖着大地，在蓝天、阳光反射下白得刺眼。清爽的凉气通过眼睛、鼻孔、耳朵、面颊的感受渗到身体里，让人觉得全身像被纯净的空气过滤了一样，无比地舒爽畅快。

阿童是一个一米八三的高个子挪威人，祖上有拉美血统，所以他不像纯挪威人的皮肤那样白，头发也没那么金黄；他的皮肤是沙滩色，头发深棕。漂亮的长腿、健壮的身材，让人觉得好潇洒；一口洁白好看的牙齿，笑起来一脸灿烂。在浪漫的白雪、蓝天和阳光下，他愉快地对我说："欢迎你到我们部。我们部虽不像文艺部那样大，但你可以有自己的办公室，如需拍摄，我可以帮你组织摄制组，我们部里有编辑室。"

他待人的热情和真诚，办事的果断和利索，深深吸引了我，让我不由自主对他产生了信任。

以后，我做节目时，阿童有空就到机房去看并问我关于中国电视发展的情况。我拍摄回来，摄制组的人和他谈起我组织拍摄是很专业的，他每次听到这些对我的褒奖都很高兴。

我们有空时会聊天，谈谈各自看过的小说，没想到我们在不同国家所看过的世界名著有很多是共同所爱。我们谈音乐，他是个爵士乐老票友，我的大学专业是作曲，古典音乐接触多，但我们彼此都很有兴趣去了解对方钟情的音乐。他弹低音贝斯，我能用钢琴简单地给他伴奏；他给我讲爵士乐历史，我给他分析我喜欢的古典音乐。我们也谈对人生的追求和对未知世界的那份向往，在我们畅所欲言、海阔天空的聊天中，他总是饶有兴致，喜欢听我说；听到高兴的时候，他笑起来是那么欢快，无忧无虑，常常也感染到我，使我开怀大笑。我突然发现自己好久没有这样笑了，这种久违的、从心里发出的欢笑，我记得只有在我的童年曾有过。

两个星期后，阿童突然问我愿不愿意和他结婚。这对我来讲真的很突然，我们才认识不久，了解得还很不够呀。但阿童觉得我们已经很了解了，他认为我们有共同的爱好和对世界的认识，这样就足够了。我惊讶阿童在决定婚姻上的单纯和浪漫，难道世界上真有这样的人，内心世界如同清澈的湖水，简单洁净？

想想有些人决定婚姻要考虑的各种条件：家庭是否门当户对，个人发展是否有前途，户口是否在一地，住房条件如何，个人的经济条件等，一切的一切都是要经过深思熟虑的。当所有条件都考虑周全后，两个相爱或根本不相爱但需要结婚的人才可能走到一起。我在情窦初开的时候就明白，因为家庭原因，我是不具备任何条件考虑婚姻的，更不敢奢望那份浪漫的爱情。

"文革"结束后，我上了大学，大学毕业后又被分到中央电视台当导演，好像是有资格谈婚论嫁了。但我对爱情的渴望已经麻木。我懂得了只有当你自己足够强大后，才有资本去争取你想要的幸福。

阿童突然提出这样的问题，让我觉得幸福来得太快了，我有点猝不及防。阿童看出了我的犹豫和惊讶，他说："我了解中国的传统文化是不接受婚前同居，这就是我为什么这么快就提出和你结婚。你不必马上回答我，如果你得不到挪威长期居住签证，要返回中国，我也会等到你愿意，然后到中国去接你。"

阿童开始学说汉语和写汉字，他最先学的三个汉字是"我爱你"。北欧男人把"我爱你"挂在嘴边是不容易的。欧洲南部像法国、意大利就不同了，见了女人，"我爱你"可以在一杯酒后就顺口出来。我看到阿童常常在练习写这三个字，这让我觉得又可笑又可爱。其实我心里非常喜欢他，因为我从来没接触过像他这样的人。和他在一起，我找到失去的童心，简单诚实，平等相待。我感谢他义无反顾地选择了我，因为我看到办公室有魅力十足的女性正在追求他。我当时的处境其实很渴望和需要一个依靠，希望有一个爱我的人可以给我一个温暖的家。但我心里真不敢相信我会这么幸运，难道老天会如此眷恋我，让我受过伤害的心再次相信人间还有纯洁的爱？

我把阿童对我的告白告诉了妹妹和我周围的中国留学生，希望听听他们的意见。妹妹比我早到挪威三年，我周围公派的留学生在挪威的时间更长。他们都说一个挪威人能在这么短的时间里就向一个外国人，特别是从一个遥远的国度——中国来的人求婚的例子还没有，因为他们也会考虑很多生活中实际的问题。更何况阿童还有一份让很多人羡慕的工作，他的年龄也不到 40 岁，选择很多。大家一致认为这人够男人，值得信赖。

我仍然犹豫不决，实在是一生中从没有遇到过阿童这样的人，我觉得自己在目前的处境下接受他的求婚不踏实。母亲一直告诫我们要自立，尤其是女孩，自立是得到尊重和安全感的前提。我

路 转 溪 桥，
　忽　　　见

我和阿童在新疆喀什沙漠

想，有了阿童对我的爱，我将更有信心达到自立自强的目标，有一天，我会在一个相互对等的状态下接受他的求婚。

2

于是，我暂时离开电视台，忙着学挪威语和办自己的工作签证。我找到了一个进出口公司，这公司的老板急于想把公司几十年的产品挪威鱼片出口到香港。我在香港有一个远房叔叔，他对这件事情很有兴趣。20世纪80年代，香港人就已经开始将吃保健品作为对身体营养的补充。老板立刻雇佣我帮助他做这件事，并且向移民局提交了我在挪威长期工作的许可申请。然而好景不长，没想到工作许可申请还没批下来，老板突发急性心肌梗死，随即去世。突如其来的变化，让我的工作和正在办理的长期工作许可申请都泡汤了。

我把这个消息告诉了妹妹和阿童，心里想着留在挪威的愿望是没戏了，但实在是心有不甘。阿童接到我的电话，像往常一样平静、乐观。他不假思索地就说："没关系，你回国后，我就去北京找你，定好哪天走，我送你。"妹妹心里很难受，刚有个姐姐来和她做伴，很快又要孤单一人了。

正当我闷闷不乐计划回国的时候，突然接到老板夫人凯莉的电话。怎么也没想到，这个有着年幼孩子的专职家庭妇女，为了养家糊口，勇敢地接替了她先生的公司和工作。她接手公司后，看到了老板临去世前要把公司产品出口到香港的计划。当时我居住在挪威首都奥斯陆，她从几百公里外的公司打电话给我，建议我搬到她家去住，以便更快地把老板留下的计划完成。

可以想象得到，我当时接到这个电话心里有多高兴。我把这个好消息告诉了阿童、妹妹和一起常聚的留学生们，大家都为我的时来运转感到欣喜和慰藉。

就这样，我和凯莉白天在办公室筹划把挪威鱼片出口到香港的准备工作，下班后一起回到她家，做饭、聊天、和她的孩子一起玩。那是一段很有意思的日子，凯莉常说："你是个外国人，但我们能理解共同的笑话，还能一见如故地谈天说地，我觉得和你在一起比和很多挪威人在一起还亲近。"我也觉得自己算是实实在在地接触到挪威社会，进入到挪威人群体中。

我和凯莉在做生意上都是第一次，公司当时面临的问题是由于老板的去世，资金和供货链全断了，已经到了临近自行破产、银行准备收回的局面。面对如何使公司起死回生，我俩是一筹莫展。我能做的是让我香港的叔叔有信心，继续给他发许多关于香港卫生署需要的关于鱼片原料、加工工序、营养成分等方面的中文资料。凯莉想到了阿童，她希望阿童能来帮助我们。于是阿童几乎每天下了班就开车赶到凯莉家，给凯莉出主意，帮助她给银行和供应商写信阐明鱼片出口到香港的前景、数量、利润。

阿童是政府官员，18岁进国家电视台，作为新闻工作者，他对国家各方面的政策是有广泛了解的。再加上他做部门领导也有十多年了，写报告、做规划、制作一目了然的数据图表都很在行。当时阿童在凯莉家常常一工作就是一整夜，当新的一天上班时间快到了，他背上自己的双肩包就直接开车去电视台了。如此这样频繁连续地工作，我和凯莉实在为他超人的精力和做事严格认真的态度所折服。阿童对凯莉说，如果需要的话，他也可以转到当地电视台工作，这样就能有更多的时间帮助我们。这些话让我和凯莉听后真是感激涕零。我心里明白他这样做、这样想完全是为了我能早日拿到长期工作许可。孰不知挪威只有一个国家电视台，那是一个人人打破脑袋都想进去的地方。

就这样，在阿童的帮助下，我和凯莉很快让公司起死回生、运转正常了。

3

一晃两年过去了，我的长期工作许可证早在一年前（1987 年）就已批下来，这次我从香港出差回来，带着叔叔的订单和他马上要来挪威考察工厂的行程计划。在机场见到来接我的阿童，大有种"一日不见如隔三秋"的感觉，离开北京亲友的伤感留恋瞬间就烟消云散了。我兴奋地向他讲述在香港发生的一切。总之，我们一起做的事马上要成功了。

阿童没直接开车送我到妹妹那里，他说要先送我一个礼物，而且希望我喜欢。

我随着阿童来到一个离挪威广电部大楼和奥斯陆大学都很近的住宅区，走进一个三层的楼房。阿童用钥匙打开二楼右边的门，那是一个 80 平方米左右的两居室单元房，客厅很宽敞。室内是真正的木地板，客厅里的两面墙都有双层隔音的大窗户，采光非常好。宽敞的阳台和阳台外边的绿草地都让我喜欢。卫生间的地瓷砖是地暖的，厨房上下都有漂亮的柜子，足够装下各种餐具。这一切对现在的中国来说一点也不稀奇了，但在 20 世纪 80 年代，中国还没有商品房，即便是北京的房子也都是水泥地板，窗户是一层薄薄的玻璃，粗糙不严的窗框走风漏气；厨房有一两个小柜子就不错了，很多厨具都没地方放⋯⋯总之在那之前，我从来没见过这么好的房子，这比凯莉老板的家也好许多，而且离市中心非常近。

阿童一脸抱歉地对我说，拍卖房子不能等，所以他自作主张买了。他认为我可以赶紧搬回奥斯陆来住，很快也要开学了，我不必像以前一样在公司和学校之间来回坐火车奔波，而且能把挪威语早一天学好对于我来说也是很重要的。最后，他小心翼翼地问我："现在我们可以考虑结婚了吗？"

我还有什么可犹豫的？！这不是一场轰轰烈烈的"love story"，但我们相识相爱的过程清澈得就像小溪的流水，平静，流畅。在我已过 30 岁时，我觉得自己像一块金子似的被人发现，在远离父母的异国他乡，居然得到了日夜渴望的家。从此我再也不孤独，我将和一个叫"阿童"的帅哥一起在人生的路上打拼⋯⋯我看着面前这个等了我两年，简单、诚实而又对爱情始终不渝的男人，高兴地喊："我同意！"

话音刚落，不知道他哪里来的那样大的力气，把我这个一百多斤重的人一下扛到他的肩膀上，在房间里快乐地转了起来。那时的场景，比我看过的许多浪漫的电影镜头还绚丽感人。这样快乐地被人抱着转是我人生中的第一次，也是永远难忘的幸福经历。

在后来和阿童生活的日子里，我曾经问他："当初你有那么多的选择，为什么选择了我？"阿童说："因为你没有依赖，你是一个不会被困难打垮的人。"其实我心里很清楚，正因为有了阿童的爱，我才有了更多的自信。

我要用一句中国老话来诠释自己的婚姻："一个幸福的女人背后，一定有一个支持她、爱她的男人。"

不管我想做什么，我知道阿童都会支持我，帮助我，陪伴我。

阿童，我庆幸我的人生遇到了你，谢谢你给我的爱。

那些年的初恋

1

很久以前，听文工团的舞蹈老师志军讲过木子的故事，这故事当时深深打动了我，就像一部中国式的《罗密欧与朱丽叶》。我一直想把这故事写出来，但写了又写总觉得不满意。

白驹过隙，转眼 40 年过去了。2018 年年初，我在美国加州见到年过 60 岁的木子。美国真是一个汇集中国优秀学子的好地方，我见到木子是在旧金山一个被绿树环抱的二层楼的大厅里。当时，木子正在给在美的中国学子们排练新春晚会，一个大合唱，有一百多人。木子说，这些人都是美国名校的硕士生、博士生、博士后，他们会常常到这里聚会，交流书法、绘画、舞蹈、唱歌……木子是美国华人侨会的领导人之一，主管文艺活动。

早就听说旧金山有世界上最大的"China Town（唐人街）"。但这么多同胞扎堆在这里高唱中国歌，我还是第一次见到，真让我心潮澎湃。看起来大家都很尊敬和喜欢木子，看着木子给大家排练的一招一式，40年前他那充满青春活力的帅哥形象又出现在我的眼前。

2

那是1975年，木子随省话剧团下放到当时我所在的文工团，我们住在一个大院里。木子有着一米八二的个头，浓眉大眼，高鼻梁，天庭饱满，地阁方圆。他的嗓音格外洪亮，有的女孩说，光听他的声音就被迷住了。他是那种标准的一身正气的男人形象，非常招女孩喜欢。

木子虽是话剧团里最年轻的男演员，但因其形象过人，男一号的位置自然非他莫属。加上他谦逊有礼，对老演员尊敬有加，团里从领导到看门房的大爷，都喜欢他。年轻女演员就更别提了，个个都是木子的追随者。那些半大不小的舞蹈队学员们，更是叽叽喳喳天天缠着木子给他们讲故事。木子专攻话剧，讲起故事来能让那些小姑娘神魂颠倒找不到北。

木子有良好的教养，爱帮助别人，宠辱不惊。这和他的家庭教育有关。他的爸妈当时都是清华大学的教授兼领导，因在"文革"中被打倒，才使他选择下乡，之后又被所在省话剧团挑选录取，当上了演员。

在20世纪70年代的文工团里，大家都不敢谈恋爱，因为谈恋爱总和"作风不好"联系在一起。偶像级的木子自然是领导注意的重点对象。一个被女孩们成天围着的帅哥、团里的台柱子，领导真怕他被哪个女孩拿下，给大家做个坏榜样。出乎意料的是，木子对任何女孩都很有分寸，就好像对恋爱这事没兴趣。这倒反而勾起了大家的好奇心。

由于舞蹈老师志军在来文工团之前曾与木子一起插队，很多女孩就缠着志军，希望从志军那里打听到木子到底有没有女朋友。志军经不住女孩们的死缠烂打，终于把木子的初恋故事讲给了大家听。

"文革"初期，木子和志军所在的红卫兵宣传队在北京演出了名气，而且通过"文革"时的大串联，很多外地学生在北京看到他们的演出，也都赞叹不已。就这样一传十，十传百，宣传队的影响越来越大，越传越远。于是陕西的一些领导借着20世纪60年代末毛主席号召知识青年上山下乡的伟大指示，赶到北京把木子和志军的宣传队一锅端到陕西的一个农村，让这些北京知识青年在那里落下了户。

在农村插队的日子里，木子和志军除了和文艺宣传队到区、县单位和乡村各公社演出外，每天晚上还负责喂牲口。

在一个冬天的晚上，木子和志军像往日一样忙着给牲口拌食、填料、喂水，虽然已是数九寒天，但两人忙得只穿着件单褂还是大汗淋漓。突然，牲口棚的棉门帘被掀开，木子和志军惊讶地看到眼前出现了一幅神奇的画面：透过掀开的门帘，门外大雪纷飞，片片雪花顺着掀开的门帘往牲口棚里挤，生怕错过什么似的；夜色中的天空是一种纯净的墨蓝色，墨蓝色中点缀着闪烁的星星，雪花在星光下漫天起舞；一个梳着乌黑大辫子、面颊红扑扑，扑闪着一双水灵灵的大眼睛的姑娘微笑地站在门口——她右手掀起

路 转 溪 桥，
忽　　　见

门帘，左手挎着个竹篮子，篮子上盖着一块蓝底白花的粗布毛巾。

紧跟着是一声甜甜的、细声细语的呼唤："知青哥哥，你们辛苦了！我妈让我给你们送几个馍来。"两个小伙子傻呆呆的，愣在了原地，瞪着眼睛大张着嘴却说不出话来……姑娘腼腆地低下了头，快步走进牲口棚，把篮子上的盖布掀开，露出还冒着热气的白花花的馒头。木子和志军顿时觉得肚子饿得咕咕叫，也顾不得洗洗沾满饲料的黑手，抓起馒头就往嘴里塞。二人狼吞虎咽地吃好后，才想起还没谢谢送馍馍的姑娘。四下一打量，棚里早已没了姑娘的踪影，而两人扔在棚里的脏衣服也不见了。

这个夜晚给两个不到20岁的小伙子带来美丽童话一样的翩翩联想。志军激动地对木子说："我要把今晚发生的事编一段舞蹈。"木子坚决地说："不行！你晚了。我的话剧脚本已浮现在脑子里了。"

第二天一早，彻夜未眠的他们打听到这个在他们眼中像仙女般的姑娘叫四梅。两个小伙子又刻不容缓一路小跑地来到四梅家当面致谢。

四梅的母亲看上去很年轻，35岁左右的样子，看她白净的脸和礼貌大方的举止，不像是土生土长的村里的普通妇女。聊天中，这俩小伙子才知道四梅家并不是本地人，四梅的爷爷以前在城里学校当校长，后被打成了"右派分子"，下放到这里监督改造。四梅爷爷、奶奶带着四梅的爸爸、妈妈和刚刚出生的四梅一起来到这里，一待就是16年。

村里人很敬重四梅一家人。这是因为村里识字的人不多，想写封信都很难，四梅爷爷帮助村里成立了小学校，教村里人识字念书、写家信，谁也没把四梅爷爷当"右派分子"看待。

"文革"开始后，村里的造反派根据中央指示，对"地富反坏右"施行全面专政，限制这些人的行动自由，不时还给四梅爷爷戴上高帽子游街，开批斗会。好在村里的乡亲始终不认为四梅爷爷是坏人，每次的批斗会也就流于形式走走过场。会后大家有事仍然去找四梅爷爷，晚上没事仍然像往常一样到四梅爷爷家串门，聊聊村里当天发生的那些事情。

说话之间，四梅妈妈已经把洗好、叠得整整齐齐的衣服交给了木子和志军，并告诉他俩：他们一家人都很敬重从北京来的知识青年，很喜欢看他们的演出，今后，有什么事情不必客气，想家了就到这里坐坐，她理解知青们远离父母、亲人的那种滋味。

打这时开始，宣传队的知青们有了家的感觉，平时想吃口热饭，过年、过节想吃顿饺子，就都到四梅家。谁要有个发烧感冒，四梅妈妈和四梅都会精心照顾。四梅也经常到知青点把大家换下的脏衣服拿回家和妈妈一起洗干净。一晃两年过去了，知青们把四梅家当成了自己温馨的家，把四梅当成了他们的小妹妹。

木子不知不觉爱上了四梅这个小姑娘。四梅善良、美丽、聪明又吃苦耐劳。这朵纯净的乡间小花像玉石一样洁白无瑕，像小猫一样温顺让人疼爱。木子是个有情有义、一腔热血的青年，他萌生了扎根农村、建设农村，娶四梅做老婆的决心。

他给在北京的母亲写信表达了自己的心愿，希望母亲能给他寄些钱办婚事。当时，中央要求大学复课，并开始"文革"后的第一次招生。这次特殊时期的招生不用考试，只要是表现好、出身好的工农兵学员就可以上大学。木子的父母这时刚从"牛棚"里解放出来准备招生工作。

木子妈妈接到信，并没有对儿子的想法提出异议，知识分子就是知识分子，她和木子爸爸都相信自己的儿子，儿子认为幸福的事他们没二话，都表示理解和支持。木子妈妈把家里仅有的存款寄给了儿子，随后又买了去陕西的票赶到木子所在的农村，希望能见见儿子和儿子心上的姑娘。

村里革命委员会听到北京来人了很是重视，他们热情接待了木子妈妈并把四梅家的情况详细做了介绍。哪知道转过脸，待木子妈妈走后，他们便对四梅一家开起了批斗会……

木子当时随宣传队在别的县演出，浑然不知村里发生的一切。一个月后，当他满心欢喜回到村里，迫不及待地去见自己心爱的姑娘时，才得知四梅为了不连累他，已把自己嫁给了邻村一个比她大很多的男人。临走时四梅还留下话给知青们："敬爱的知青哥哥和姐姐，我非常尊重和爱戴你们，我也非常爱木子，但我知道自己是什么出身，我从来没有非分之想，我祝木子和哥哥姐姐们一切都好。"这对于满怀期待赶回村里的木子来说简直是晴天霹雳，这突如其来的变故彻底击倒了这位单纯阳光、初谙世故的青年。他大病一场，像变了一个人，从此在村里总是很少说话，人们再也看不到他那青春阳光的笑脸了。

时隔不久，木子被省话剧团录取，但木子并不想走。他想在村里等着，等着那个没准哪天会回来的四梅。但大家都害怕长此以往木子会再生大病，公社领导强行把木子的档案关系转到省话剧团，断了木子一直待在村里的念想，木子不得不离开农村来到省话剧团。

3

后来，北京一个国家最高级别的话剧团一纸调令把木子调回北京。改革开放后，听说木子又考上美国南加州戏剧学院，这是世界上最好的戏剧学院之一。以后的时间里，我也长年在国外学习，偶尔回国后会听到朋友们说起木子在美国有多棒，在美国的某华人侨会做领导工作，给很多初到美国念书的中国学子以多少多少的帮助。看起来他在华人圈子里受到很高的尊重和赞誉。但谁也不知道后来木子到底结婚了没有。

40年过去，往事如烟。此时在美国见到的木子已从当年的英俊少年变成了老帅哥。可喜的是老帅哥对人生的热情依旧，有了成年人历经沧桑的厚重和博学多才的深度。排练结束后，木子说带我到加州海边去看夕阳。那晚的夕阳真是美，我一生中好像从没像那晚那样仔细认真地欣赏过夕阳。夕阳西下中，我突然想到20世纪90年代的一首叫《小芳》的流行歌曲，歌词是这样的：

村里有个姑娘叫小芳，长得好看又善良，一双美丽的大眼睛，辫子粗又长。

在回城之前的那个晚上，你和我来到小河旁，从没流过的泪水，随着小河淌。

谢谢你给我的爱，今生今世我不忘怀，谢谢你给我的温柔，伴我度过那个年代。

　　多少次我回回头看看走过的路，衷心祝福你善良的姑娘。

　　……

　　这是一首反映当年知青情感生活的歌曲。20 世纪 80 年代末 90 年代初，大批被下放到农村的知识青年按照中央政策有机会返回城市，回到原来的家，回到父母亲人身边。但当时的政策规定：如果在当地和农民结婚，就不能再返回城市，只能一辈子扎根农村。这样的情况致使许多在农村结婚的城市青年选择了离婚返城，由此也上演了许许多多的人间离合。《小芳》这首歌，就代表了很多返城知青的复杂情愫，以及对当年在农村关爱他们、给他们以爱的人的歉意和思念。

　　我没问木子现在结婚了没有，这个问题已经不重要了。今天我见到的木子是一个不会被人生曲折击倒、笑对过往并读懂了人生真谛的老帅哥。他就像美国现代作家海明威在他的小说《永别了，武器》中的那句名言所描绘的："生活总是让我们遍体鳞伤，但到后来，那些受伤的地方一定会变成我们最强壮的地方。"在这个全球科技革命领跑的新时代，木子像所有人一样，积极乐观、充满信心、阳光灿烂地在人生道路上前进着。

上大学

——纪念 1977 年恢复高考

1

2010 年，女儿考上香港大学新闻系。离开北京去往香港前夕，女儿班里如愿考上自己报考的大学的同学和他们的家长、老师在北京凯宾斯基酒店举办庆祝晚宴。

这是北京英国德威学校的第一届高中毕业生，个个都是学校的骄傲。这些学生来自世界上不同的国家，他们的父母不是外国驻华外交官就是改革开放后世界大公司进驻中国市场的首批高管。

这些孩子中的许多人至少在中国度过了他们的中学时代，随便挑出一个，三四门流利的语言（母语、汉语、英语）都不在话下。这是因为德威学校是英语授课，还有的孩子本身就生长在双语家庭。

高档的酒店环境配上这些年轻而充满活力、第一次穿上正规晚宴装的男孩女孩，编织成了一个童话一样美丽的世界。晚宴过后，孩子们一致决定要到天安门广场坐一夜，等着看清晨的升旗仪式。这些孩子成长在中国，赶上了让全世界都惊叹的改革开放年代，如今他们即将带着中国情结到世界各地追逐新的梦，他们真的是太幸福了。

晚宴散场后，我急着赶回家和爸爸一起去医院看妈妈，让她能尽快看到自己的外孙女在毕业晚会上的照片。时光荏苒，妈妈以往的梦是盼望她的儿女能上大学，如今，她儿女们的儿女也上大学了。看着妈妈和爸爸在一起甜蜜地看着女儿的照片，我的思绪飞翔，穿越到早已逝去的那个时代。

2

"文革"结束后，中国向世界打开了国门，并开展了一场史无前例的经济革命。当时的中国百废待兴，全国各行各业在"文革"中瘫痪十年，国家经济已处在生死存亡的边缘，党和国家亟需力挽狂澜、拨乱反正，振兴国民经济。

1977 年，停止了十年的高考重新启动。有条件的年轻人都热情地投入到参加高考的准备中。当时文工团在这方面的消息闭塞，我对此一无所知。

当时，我的妈妈、爸爸和绝大多数"文革"前在中央机关工作的人一样，被迅速从全国各个农村调回北京。他们中很多人虽然还没有时间给予平反，但恢复工作先干起来再说，时间不等人了。

妈妈回北京的头一件事就是寻找她的儿女，而她给我的第一封信就是告诉我能考大学了。很快，我又收到妈妈用手抄的各种可能出现的考题和答案，并嘱咐我好好背。

我记不得当时我所在的文工团发生了什么事，只记得一时间似乎领导班子集体瘫痪，好像是我在主持团里的日常工作。不久，团里同意我到交城去体验生活，创作一部以打倒"四人帮"为题材的歌舞剧——《交城山颂》。

在交城创作的日子，是我到文工团后最快乐舒心的一段时光，也许是因为这是我人生第一次搞创作吧。

《交城山颂》在短时间内就创作出来，并到省城太原上演。当时的中国，人人兴高采烈、心情舒畅，反映打倒"四人帮"的文艺作品特别受欢迎。借着这个东风，我们的创作得到了很多的好评。我考上山西大学艺术系后，还听到老师们很骄傲地谈起录取了我，他们感到很荣幸。后来我常想，也许正是《交城山颂》的创作悄悄为我日后考大学铺下了路。人生有时就是这样一环扣一环，好像是老天给安排好了一样。

3

那时由于知道父母已安然无恙回到北京，我的心不再像以往那样恐惧担忧。当时团里人与人之间的气氛明显开始变得和谐，我觉得留在团里搞些创作也很有意思。可妈妈让我考大学，荒废学业已久，我能考上大学吗？我根本不敢相信自己。"文革"开始时，我初中都没毕业，十年时间里除了练琴也没机会学文化课，我怎么可能仅凭妈妈信里提供的这些知识和信息就考上大学呢？

我回信告诉妈妈：现在团里风气好了很多，我可以在这里再待一段；至于马上考大学，我肯定是考不上的，我的基础太差了，而且差得不只一星半点。

妈妈见到我的信一定是急了，她马上给我回了信，说我目光短浅，没志气。还说如果我不努力地去考大学，她就不认我这个女儿了。

妈妈在恢复高考时不仅寻找大量的考试参考题，一字一句地手抄出来给我们姐妹寄去，甚至还近乎疯狂地逼迫着我们姐弟四人复习功课、参加考试。谁曾想到，人生的这一步，会使当年考上大学的这批人的命运发生根本的转变？

为了不让妈妈生气，我开始复习功课准备考试。那时参加高考好像是不太被人理解的，为了躲避团里领导和一些人的干扰，我经常到军分区孙干事那里去复习功课。孙干事是"文革"前的大学生，她很理解我，坚决支持我考大学。白天她在办公室，我可以随时到她宿舍复习功课。

在孙干事那里我学得很专心，去考试那天，她真像我的姐姐一样，叮嘱我考试要注意的事情并且留我在她那里过夜，以免第二天被团里什么人扣住耽误考试。当我考完跑回来告诉她我考得不错时，她又是那样的为我骄傲和高兴。

即使当时"四人帮"已被打倒，但我仍心有余悸，留了一手。我让招考方老师把录取通知书寄到北京，当时爸妈已回到北京，我们在北京有了通信地址。我参加高考的事，团里很少有人知道。领导或许听到了些风声，但他们一定低估了我，不会想到我能考上，他们在等着看我的笑话。临到发通知的前几天，妈妈发电报让我速回北京，领导见电报便准了我的假。

4

我清楚地记得发通知书前的北京：平常拥挤吵闹的公交车，只要听到有人说一声该发通知书了，瞬间车里鸦雀无声，所有的人都屏住呼吸，竖起耳朵等着听更多的消息。那真是个非常的时期，街上行人都神色严肃、紧张，匆匆地往家赶，院里传达室门口都是焦急等待邮递员的人。

我家的四个孩子都参加了高考。很快，我的妹妹像平时一样满不在乎地回了家，一脸淡定地说："我考上中央工艺美院了。"她能考上，完全在大家预料之中，用大家的话说，这孩子不是学习刻苦是学习玩命。紧接着我的姐姐也回来了，她高兴地说："我考上北京师范大学了。"她能考上也是毫无悬念的，"文革"前，她在北京最好的中学"师大女附中"就曾因为学习好而跳级，她的学习功底是很过硬的。这样一来，就剩我和弟弟俩人了。弟弟当时已得到通知从爸爸所在的干校调回北京，但还在办手续当中没回来。我知道我的通知从山西大学发过来要比在北京的大学晚一些，所以还能沉住气。

一个星期过去了，我天天都在院子大门口等邮递员，但总是等不来我的信。最后我失望了，也不去等了，在家里垂头丧气。妈妈不停地安慰我，她说家里需要一个孩子跟着他们，我不用再回团里了，就留在北京，陪在他们身边。即使工作找不到也不重要，他们的钱够养活我（当时我没有北京户口，不可能在北京找工作）。我心里想，那是父母安慰我，我还这么年轻，怎么可能不工作呢？

很快，回团里的日子就要到了。我怀着最后一线希望走进传达室，传达室的人见着我就说，邮递员已经来过了。我看他们没再说什么，也不好意思再问，转身就要走。这时一个大妈从传达室出来，面无表情地问我叫什么。我说出自己的名字。大妈有点惊讶地看着我说："这是你的信吧？"由于发录取通知书的日子已过了很久，人们都不再将信和录取通知书联系在一起。我拿起信一看，天啊！是山西大学寄过来的！我当时激动地一下把信撕开，信都被撕破了，我看到信里写着我已被山西大学艺术系录取，限定日期去报到，过期不去算自行取消，当时离报到截止日期只有几天了。

我一遍又一遍地看着通知书，那简单的几行字我简直是怎么看也看不够。当传达室的工作人员得知这是录取通知书时，他们的高兴也不亚于我。他们说这信被退回邮局几次了，因为他们不知道院里有人叫这个名字。我当时没有北京户口，又很少回家，院里基本没人认识我。邮递员送来几次问传达室有没有这个人，他们都说没有；这次真是我"命不该绝"，居然等到了！我当时心跳得很急，时隔这么多年，每每想到当时的情景，我都能再次感受到那急促的心跳。

当我一口气跑上五楼回家见到妈妈爸爸时，心跳得我说不出话，只有眼泪哗哗地流。知女莫如母，妈妈一下子就明白了，她紧紧抱住我，眼里放出久违的欢乐光彩。此时，一个母亲多少年的担忧终于结束了。1977年是我家幸运的一年，在具有历史意义的高考中，我家三个女孩都考上了大学。

接到录取通知书后，我一刻也不敢耽误，急忙赶回文工团办手续。当时某领导听到这消息，非常生气，说我考试没通过他，目无组织，绝对不能走，还要写检查。他还质问我为什么通知书没发到团里。我感谢"四人帮"已被打倒了，他不再能一手遮天了，别的领导都为我高兴，并很快帮我办好离团的手续。

5

1977年的高考，打开了紧闭十年的中国高考考场大门，让深陷在黑暗中茫然的一代人，看到了天边第一缕晨光。一代国人的个体命运由此峰回路转。在这些个体命运的转折背后，是一个国家从谷底的返身掉头和艰难攀升。正是这场仓促、混乱而又激情饱满的考试，让人们相信了国家进步需要知识。

走进大学校园的那一刻，我无比激动和愉悦，心里那个美呀！——就像一只挣脱牢笼、展翅高飞的小鸟。十年禁锢，一朝放飞。我知道我将和祖国一起插上知识的翅膀，在新的征途上，飞得更高更远。

发 小

"发小"是北京话，指住在一条胡同、一个大院、邻里之间相互认识，从小在一起玩耍的伙伴。它多用于口语，随着时代的变迁，"发小"一词也逐渐扩散于全国。

1

2016年秋末冬初，我的发小从北京来到法国里昂。我提前一天从法国巴黎赶到了里昂，准备第二天一早到火车站去接她。当天下午，我熟悉了一下里昂市中心的街道，看好了几个景点的位置，订下了法国大餐的饭馆，里昂的美食佳肴在法国都是有名的，我们决不能错过。

晚上，我又从火车站到我住的酒店走了一遭，确认好明早从哪个地铁口进站，坐几号线，再从哪个地铁口出站最能方便地到达酒店。等一切接站工作准备就绪后，天已经很晚了，我也筋疲力尽。本想能睡个好觉，但这一夜却难以入睡，小时候的往事在脑海中像过电影一般来回闪现。

第二天一大早，我提前一个小时赶到火车站。里昂的秋风透着深深的寒意，火车站南北两边的大门还没意识到秋寒的到来，仍然大敞着，穿堂风吹得人们个个缩头缩脑。我站立在风中等待着她的到来，一想到载着发小的火车马上就到，激动和兴奋的心情反倒让我觉得心中有一团火在燃烧，精神抖擞得像打了鸡血似的。

火车终于进站了，我急切地从车头跑到车尾，但没有发现发小的身影，我的心有些焦急了……就在这时，我听到不远的地方有人在大声叫着我的小名，我回过身，看到了期盼已久的发小，她戴着鲜艳的中国红围巾，在寒风中正笑眯眯地向我招手。我拿出小时候冲刺百米的速度向她跑去，紧张、兴奋、快乐的心情笼罩了我全身。

接上发小，我们一起挤出人流熙熙的里昂车站，漫步在这座有着沧桑历史而又现代时尚的城市里。它久负盛名，游人如织。此时的我们却无暇顾及眼前的一切，只顾着沉浸在对童年的回忆中。

晚上，我们又登上去法国南部的火车，赶往妹妹的家。妹妹的家紧靠地中海，地中海沿岸的城镇一直被誉为世界上最好的疗养胜地。流动的大海带来的清新空气滋润但不潮湿，一年四季充足的阳光明媚但不暴烈，尤其是深秋、冬季和初春。每到这样的季节，我一定会到妹妹这里来住上一阵子，这也是我选择在这个地方与发小聚会的原因。试想，此时的北京秋风萧瑟、寒气逼人，而我们却在风和日丽的海边、鸟语花香的异国，欣赏着水天一色的美好风景，这样的相聚难道不是有着更多的浪漫和期待吗？

幸福总是短暂的，时光往往会匆匆逝去，不知不觉已到了发小该回家的日子了。一周来我们在妹妹家的快乐相聚，以及飘荡在妹妹家里浓浓的中国饭香，也随发小的离别而去，我心里不免有几分失落和惆怅，当年与发小在一起经历的事情不断在脑海中翻腾着……

2

我家和发小家在 20 世纪 50 年代都住在北京三里河计委大院里，她家在我家楼上。夏天，我们姐妹在平台吃饭，她的小脚奶奶总爱从楼上平台看我们碗里的饭。当时我爸妈老出差，不到 10 岁的姐姐担当给我们弟妹做饭的任务。奶奶每次看到我们碗里的饭都要大声喊："这家父母只顾忙工作，可怜了孩子们。"不一会儿，发小就端盘菜或包子、花卷之类的敲我家门了。

发小爷爷奶奶都是老抗联的。据说抗战时期，有天发小爷爷推着一小车红薯进城去卖，在路上看见游击队长从他身边跑过，在游击队长身后不远，一群鬼子追得很急。眼瞅队长难以甩掉鬼子，发小爷爷急得推起小车，向着迎面跑来的鬼子直冲过去。鬼子一下傻了眼，顾不上再追游击队长，朝着发小爷爷就是一阵射击，发小爷爷当场就壮烈牺牲了。鬼子把爷爷的尸首挂在城门口，杀一儆百。发小奶奶得知后，带着村里人，硬是从日本人手里抢

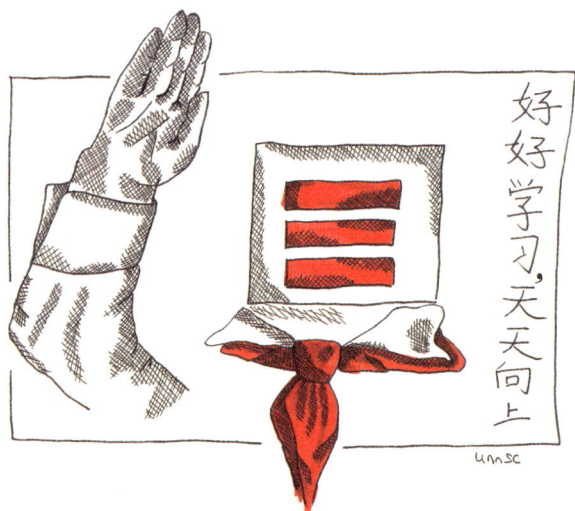

好好学习，天天向上

路 转 溪 桥，
忽　　　见

回了爷爷的尸首。据说当时的场面非常紧张而动人心魄，奶奶的胆识也被村里人传为佳话。

奶奶很疼发小，谁又不疼发小？这个小姑娘漂亮、温顺又听话。她就像我的小影子，每天跟着我一起去上学，放学后我们一起回家。我常到她家做作业，她进门总要先从家里翻出点好吃的，什么红枣、核桃、地瓜干之类的给我。发小做作业很慢，在学习上当时有点小迷糊，而我家的孩子们在各自班上都是学习拔尖的。发小的父母常常数落她，拿我跟她比。这样的时候我往往会很尴尬，生怕她脸上挂不住，和大人吵起来。而发小却从不在意父母的唠叨，并且还为有我这样的朋友而得意。

发小在班里年龄最小，腼腆，不爱说话，在学校常常跟在我身后。课间，我们一起跳皮筋；回家后，我们在院里玩官兵捉贼。我小时候像个男孩，天不怕地不怕，发小跟着我，谁也不敢欺负她。就这样，小学六年，我和发小天天搭伴上学，放学回家后到她家做作业，有时作业多，晚饭就在她家吃，吃完了接着做。发小的爸妈和奶奶都把我当成他们自家的孩子。后来，发小入伍参军，走时匆匆，我们都没来得及告别。

"文革"时，我妈妈对这场运动产生了质疑，进而公开反对。妈妈嗓门大，在家说话不管不顾，左邻右舍都能听到，我想妈妈当时是故意让人听到的。不久妈妈就被"造反派"带走并很快定性为"现行反革命"。后来听人说，向"造反派"揭发妈妈的就是发小的家人。

"文革"结束后，我们一家人又回到北京，我知道发小和她的家人也在北京，但不知道如何面对，并没想和他们联系。有时，我心里也想念他们，特别是我的小影子发小和她的小脚奶奶。

3

光阴似箭，30多年后，我和发小在北京小学同学聚会上再次相见。小学的同学都已青春不再，青丝变成华发，但大家在一起时，马上就进入到儿时亲密无间的状态。当到达聚会地点时，我第一眼就认出了发小，她的相貌变化并不大，依然有着当年的影子。一看到我，她一把推开人群向我扑来，紧紧地搂着我，在我耳边轻轻地叫着我的小名……她哭着说："我好想你呀，别信别人怎样说，事实就是事实，我们一直在找你呀。"实际上，在看到发小的那一瞬间，我心里的一切结都化为乌有，即使当时真的是发小家揭发了妈妈，我也能理解。我和发小终于又在一起了。

我告诉发小，我和妹妹80年代先后到挪威留学，后来都在那里工作。妹妹由于不喜欢挪威寒冷、漫长的冬季，后来定居到法国南部。我由于工作需要，常年奔波在世界各地。发小说，她的生活很平静，在外地当了几年兵后，就调回北京继续在部队工作。

自那以后，我一回到北京，发小就来家里看我，每次见面我们总有说不完的话。多年在国外生活和工作，虽然我身边也结交了很多好友，但和发小在一起，不知为什么让我有一种更真实和亲切的感觉。当她知道我做中餐还是二把刀时，干脆就带上买好的菜，手把手教我做菜。我跟着她学会了做红烧肉、凉拌白肉、炒花生米……这些貌似简单的家常菜，我自己学会了，不仅全家人喜欢吃，在国外还可以给朋友们露一手，也很助长人脉。

发小听说我在 30 年中除了生孩子时进过一次医院，平时连每年例行的体检都不做，感到很吃惊，一定要安排我到医院做体检。医院离她家很远，她怕我嫌麻烦不去，自己一大早跑到医院给我挂好号，在医院门口等着我。体检时，她带着我楼上楼下跑，从这个科室到那个科室，让我按体检表上的项目——都检查到。经过六七个小时的体检后，我昏头昏脑加上早上没吃饭，真有点要扛不住了。庆幸的是，我还真没检查出什么毛病。这下发小高兴了，马上带我到北京牛街，去吃那里特有的、地道的北京小吃。

我们小的时候，除了在居住的大院里活动，很少有机会在北京城里逛，更别说吃北京的小吃了。如今，我作为一个北京人，第一次发现北京的风味小吃又好吃又便宜。看到小饭馆里经常是一家人在一起，饭菜摆满一桌，老老少少，欢声笑语，我和发小自然而然也融入了这种实实在在的、平凡而不失温馨的生活氛围中。

4

每次离京回挪威前，发小都要给我准备装满了各种各样土特产的大包小包，她让我想起当年在外地上大学临离开家前，母亲给我准备行装的情景。我情不自禁地对发小说："以后过年我一定要回国，虽然父母不在了，但有发小在，感觉家就还在。"

现代信息社会拉近了人与人之间的距离，然而看似亲密，心

毽子

琳

路转溪桥，
忽　　见

却疏远了；虽然见识广了，交流频繁了，而防御心理却增强了。面具戴得久了，人们更渴望做真实的自己。童年结下的发小之谊，往往少些功利，多些情意，这种纯真可贵的发小情谊让人觉得踏实、可靠。在发小面前，人们更容易做真实的自己。

如今高楼林立，独门独户，当年那种大院里的邻里关系，我家包了饺子送去一盘、你家炖了红烧肉回赠一碗的习俗，已渐行渐远。随着亲朋好友之间走动得越来越少，再看看许多高楼里住了几年都不相往来的邻居，不由得让人从心里更怀念发小。

每次我和发小见面一起做饭，总会在复杂有趣的烹饪中天南地北聊着各自的人生、家庭、子女、身体健康和已经离我们远去的父母。此时，我感到自己的心是那么的真实，这颗真实的心仿佛又带我回到那无忧无虑的童年。往事依稀，童年的日子也仅剩下隔世般模糊的时光碎片，但每当发小提到我已经忘却的往事时，我又会立刻想起。尽管我们几十年音信全无，但每每在见面的瞬间，发小之情，就把我们的心紧紧地连在了一起，带着我们回到两小无猜的温情氛围之中。

有人说："发小就是相互之间从不称呼大名，见面永远叫乳名和外号的人；发小就是不论好事坏事，永远第一时间给你通风报信的人；发小就是不论官大官小、钱多钱少，见面就不停地数落你，而你却一点脾气也没有的人。"

和发小在一起的时候，你可以毫无顾忌地敞开心扉，感受着久违的那份纯真。感谢生命中有你们——亲爱的发小！

音符在战火中激荡

2016 年金秋时节，我在北京偶然遇到一位 30 多年没见面的朋友。她一把抱住我，激动地大声喊道："音符在战火中激荡！"突然冒出来的这句话，让我愣了一下，但我马上反应过来，"音符在战火中激荡"是 1985 年我在中央电视台当导演时拍摄制作的一部电视文艺片的片名，是为了歌颂参加老山前线自卫反击战的战士们而组织的一场文艺演出，这位朋友就是其中的演员之一。一瞬间，一起走过的经历使分别已久的生疏感一扫而光，我们的记忆一下被拉回到 30 多年前。

1

1984 年 3 月，越南军队悍然占领了中国的老山地区，并向云南省文山州东南部麻栗坡县境内发射炮弹，打死打伤很多中国边民，炸毁民房上百间。1984 年 4 月，中国人民解放军云南边防部队发起老山自卫反击战，一个月后，收复了老山地区被越军侵占的全部中国领土。

1985 年的春天，电视台领导让我到北京民族文化宫听一个关于老山前线战斗的报告。在报告中，有一位战地记者讲述了他亲身经历的一件事情：

"那是在战斗打响前，越军在老山前线布满了地雷，给我军部队的前进设下了障碍。部队组织了一个称为'滚地雷敢死队'的排雷先遣队。'滚地雷敢死队'由 20 名十八九岁的战士组成，他们中的大多数人高中刚毕业，一脸的稚气，生命在他们身上正洋溢着青春的活力和渴望。战士们心里都清楚地明白'敢死队'这三个字的含义，但他们没有惧怕，反而纷纷自愿报名参加。

"上战场前，部队首长问战士们有什么愿望，说白了就是临终前的念想。大家沉默了一会儿，一位看上去很活泼的战士郑重地报告说，他从来没有谈过恋爱，没有和女人拉过手和聊过天，这次上了战场，他想以后再也没有机会经历和异性在一起的浪漫情感了。说到这里，其他 19 名战士都笑了起来，不停地点头。他们笑得那样开心灿烂，脸上充满了阳光。稍后，这位战士有点不好意思地接着说，可能的话，他很想和护士班里任何一位女战士单独待一个晚上。

"听完他的报告，看着眼前这群堂堂正正、英俊潇洒的七尺男儿，首长的心都碎了，这个请求真难住了他。护士班里的女战士们听说这事后，一时不知所措，她们像战士们一样，十八九岁，正当妙龄。从内心来讲，她们很愿意为这些敢死队的战友做些事情，但面对这样的请求，她们该怎样启齿回答呢？

"第二天一早，出人意料，二十个姑娘不约而同地写了志愿书，每个人都表示愿意和战士单独相处一晚，帮助祖国最可爱的人在上战场前实现他们的愿望。护士长把姑娘们的志愿书转给了战士们。当天下午，姑娘们都准备好了。这时，护士班里接到了战士们的回信：'亲爱的姑娘们，有你们真诚的心意，我们就知足了。谢谢你们为我们人生美好的愿望画上了完整的句号。来年七月七，彩虹会为我们天上人间相聚搭桥。再见了姑娘们，军号已吹响，钢枪已擦亮，行装已背好，我们出发了……'"

报告中，一位联合国的观察员回忆了他在战场上亲眼看到老山英雄史光柱的情景：

"史光柱一个排的战友在老山守卫战役中几乎全部牺牲！仅剩他一人，还被炸瞎了双眼，他当时不知道周围的情形，不知道战友都已经离他而去，包括给他包扎的卫生员。但是，就在这种情况下，他依然靠手雷坚持着战斗，随后又身中三枪，援军到来时，他已昏迷不醒。在被救醒后，他竟然奇迹般地站了起来，把全排弟兄们的名字点了一遍，直到发现没有一个答应他，他才明白了一切。他默默地抓起身边的枪，只说了一句话：'弟兄们，老哥给你们报仇！'说完就朝响着枪声的方向大步走去。

"我当时抓住这个时机给他拍了张照片，医生强行麻醉了他，把他送到了后方。我只去了前线一天，但我已经知道这场战争的胜负了，我看到了一个标准的中国军人……"

老山前线战斗的报告里有太多可歌可泣的故事了，这些故事震撼着我和全场人的心，我能感觉到自己的血液在血管中快速奔流，有一种想立马上前线和战士们一起浴血奋战、保家卫国的迫切冲动。

2

战士们的英雄事迹日夜在我脑海里像过电影一样不停闪现，我再也按捺不住内心的激动，起草了一份关于歌颂老山战斗英雄的文艺晚会提纲，这个提纲得到了台里领导的大力支持。

晚会片名"音符在战火中激荡"，共两个小时，分成上下两集。拍摄地点在八一电影制片厂的摄影棚。节目导演组由我、郎昆和王宪生组成。节目主持邀请的是唐国强、龚雪和远征。唐国强当时是军人，同时和龚雪一样，已是国内知名的电影演员。远征当时是东方歌舞团的台柱子、著名歌唱家兼东方歌舞团团长王昆的得意门徒。由于龚雪刚从老山前线慰问战士回来，我想她的感受一定比我更加强烈和深刻。当我打电话邀请她参加这个节目的制作时，她正在别的剧组拍戏，但她回答我她一定会准时到摄制组报到。

我们摄制组很荣幸地请到了史光柱和二十多位从老山前线归来的战士们。现在 40 岁以上的人对于 1984 年老山自卫反击战是不会陌生的，对于一级战斗英雄史光柱的印象更深刻。当年他戴着墨镜，激昂而真挚地讲演以及深情演唱《小草》的情景已经定格在无数人的记忆中。那年史光柱刚满 20 岁，也许是南方人的缘故，他显得非常年轻，要不是那一身庄严的军装和让人心酸的墨

路 转 溪 桥，
　忽　　见

镜，他更像一个孩子。在他平静善良的笑容里，闪现着对刚失去双眼、看不到光明世界的不适应。

1985 年的中国，改革开放正在蓬勃发展。虽然人们都不知道这场改革将如何发展，但在这场改革中，每个人的个性和能力都得到了充分的彰显；在这场改革中，没有历来政治上约束人们的条条框框，只要肯吃苦，有知识、有本事，再加上大胆创新，你就能有好日子过，你就能实现自我的价值。

在这时候，央视作为党的宣传喉舌，以老山前线的战斗为背景素材，通过各种不同形式的节目在全国上下掀起了一场爱国主义的宣传热潮。这种爱国主义的宣传不同于现在的"心灵鸡汤"，那是发生在当时同一代人中的真实故事。

我记得邀请到的群众演员有街头卖羊肉串的小贩，有中学生和应届大学毕业生，有文艺界的年轻演员，还有老山战士新婚的妻子……当时这些年轻人和我一样都是第一次和英雄零距离接触。老山战士们在没上前线前，很多都是这些年轻人中普通的一员，大家都有着很多共同语言。

很多参加演出的群众演员见了战士们，不由自主坦诚地对战士们说出了心里话。无论是做生意的、当演员的，还是学生，他们告诉战士们他们现在最想的就是赶快挣钱。

战士新婚的妻子把社会上对和穷当兵的结婚的压力也告诉了大家。

战士们也谈到了他们上战场前的很多想法，人类本性中的七情六欲战士们也都有，可是一旦祖国需要，他们成为祖国的战士后，在战场上，想到的只有肩负的保卫祖国和父老乡亲的使命，平时的个人得失和生死早已置之度外了。

这些群众演员在和战士们的促膝谈心中，不知不觉被他们的感人事迹所感染和打动。面对战士们的一颗颗赤子之心，很多人对自己狭隘的胸怀感到惭愧，思想境界得到了升华，心中那颗家国情怀的种子也在悄悄萌芽。

晚会播出后，在全国上下引起非常强烈的反响。为此，中宣部、广电部和台里的领导开会时特地叫我过去，肯定了节目的成功。领导们说节目中让他们最满意的是能请战士们到演出现场和知名演员、普通年轻人一起交流；也高度赞扬了我们导演组请战士们在晚会上表演他们自编自演的文艺节目的创意。

3

在 1985 年春节联欢晚会上，春晚总导演请史光柱演唱了歌曲《小草》。从此《小草》这首歌就和史光柱英雄联系在了一起。

> 没有花香，没有树高
>
> 我是一棵无人知道的小草
>
> 从不寂寞，从不烦恼
>
> 你看我的伙伴遍及天涯海角
>
> 春风啊春风你把我吹绿
>
> 阳光啊阳光你把我照耀

河流啊山川你哺育了我

大地啊母亲把我紧紧拥抱

……

　　几十年后，我在英国剑桥大学偶然碰上当年作为群众演员参加演出的一位女中学生，彼时她已是资历很深的一位剑桥的艺术教师。她告诉我，当年演出后，她死活要嫁给史光柱，她太敬佩这位英雄了，她愿意为史光柱做些事情。后来得知北京女大学生张晓君嫁给了史光柱。她用中国妇女特有的温柔、善良和坚毅，帮助双目失明的丈夫成为一名诗人、作家、音乐家，也成为这个时代的正能量传播者。

　　像史光柱这样的人民英雄、中国军人，他们从不会高喊自己多热爱祖国，但当祖国需要的时候，他们会义无反顾地将血染的风采展现给祖国和人民。他们永远把自己当作祖国的一棵小草。

　　在世界上，真正的英雄主义、为理想献身的精神，永远是艺术创作的永恒主题和社会的主旋律。那个年代在中国留下来的歌曲，如《再见吧，妈妈》《怀念战友》《十五的月亮》《血染的风采》……这些在战火中产生的激荡音符，会永远伴着我们和共和国一起前行。

有种感动叫平凡

——记挪威大使叶德宏

距离 2018 年还剩一个月时，我和先生阿童接到曾在 1999—2003 年期间任挪威王国驻华大使的叶德宏先生的邀请：2017 年除夕到他家共迎新年。

除夕之夜，挪威大雪纷飞，即使在这个冬季多雪的北国，大雪下得如此酣畅也不常见，好一个银装素裹的世界！大使夫妇做的除夕晚餐是挪威鳕鱼。此时正是鳕鱼捕捞的季节。鳕鱼肉厚而不柴，肥而不腻，按照挪威传统方式烹饪，清蒸后淋上烧热的黄油，口感质朴无华。晚餐后，大使和前来的朋友们自然又要玩一会儿爵士乐。我坐在火苗跳跃的壁炉旁，看着窗外漫天飞舞的雪花，在爵士乐故事述说般的蓝调中回想起与大使相识和共处的往事。

1

有时，人和人的相遇好似命运在冥冥之中的安排。实际上，我在1990年就认识了叶德宏大使。那时我刚结束在挪威大学三年的语言学习，考下了挪威驾照并有了份收入还不错的工作，可以想象我在异国他乡对自己是真正有了信心。虽然来挪威时我一无所有，但彼时我已是万事俱备，可以做一番事业了。我不再惧怕社交，实际上还渴望有社交的机会，能让我深入了解挪威社会和不同的挪威人。只要一听说有聚会，不管多远、有没有朋友同去，我都不会错过。

记得1990年参加的一次聚会的主人是个医生，酷爱中国针灸，我是因一次偶然的机会在书店认识他的。一天，书店里有一本挪威语的针灸书引起我的注意，正翻看时，一位先生走到我面前说："你看写得怎么样？"我漫不经心地回答："挺有意思。"他笑着说："是我写的。"我立马对这个挪威人刮目相看。于是我们有了共同语言，建立了联系，后来还应邀参加了他50岁生日的派对。

那天，他邀请了100多个朋友共同欢聚。放眼望去，客人中只有我一个中国人，晚宴桌上，我被安排坐在一位先生旁边。这是一个和蔼可亲、善于倾听别人说话的人。整个晚宴中，我们聊得很愉快。谁不希望在这种完全陌生的聚会上能有个人认真和自己交流呀！我暗自庆幸这次碰上了一个好伴侣，他能在聊天中让我放松、自信。我甚至有点放肆了，当一时想不起挪威语某个单词时，我便试着用英语说出来，这位先生会马上点头笑笑，表示我可以继续往下说，他听得懂。这样我胆子愈来愈大，忘记了自己在说外语，专注在要谈的问题上，我们一直聊得很流畅。

在与这位先生的交谈中，我了解到，他叫叶德宏，是挪威的外交官，当时在英国任职，专为他朋友 50 岁生日派对赶来挪威。他知道我是从中国来的，可以看出他很关心中国的事情，问了我很多问题。如果光聊一些欧洲或挪威的事情，我也没什么太多话好说。在社交中，能很快发现双方共同的兴趣去展开聊天并让对方畅所欲言，这之中体现出一个人的修养。聚会结束时，他感谢我和他在一起聊天。我的心里则留下他在普通的社交中尽力尊敬和善待他人，尤其还是个外国人的良好印象。

2

两年后的一天，先生阿童说他有个朋友从国外回来，邀请我们去他家聚会。阿童和朋友聚会一般都免不了要玩爵士乐。据说，这位朋友也是个爵士乐老票友，他在乐队吹黑管和萨克斯。一进主人家，我惊喜了，主人正是两年前我在聚会上认识的那位外交官——叶德宏先生。叶先生也认出了我，他风趣地对阿童说："你真是个幸运的人，娶了个好姑娘。"外交官就是外交官，说话总是得体，给人正能量。

以后的几年，我们和叶先生常见面，主要是因为他一回挪威就到阿童的乐队里玩爵士。我有时也会跟阿童一起去，坐在那里听他们排练。1999 年，我回到国内工作，不久听说叶德宏先生被任命为挪威王国驻华大使，在他走马上任去中国前夕，我和阿童邀请了叶大使和中国驻挪威王国的大使，以及我们的其他一些朋友，在我家开了一次派对——当然免不了爵士乐的演奏。我作为

曾任挪威王国驻华大使的叶德宏先生

挪威某公司在中国的首席代表，从此和叶大使有了更多工作上的接触。

大使没有架子，很接地气，在中国任职期间，时常邀请各行各业的人到挪威使馆做客。他平易近人，善于从别人的观点中发现闪光点，而且能很好地理解各种不同的观点。我感到大使很有兴趣听我和其他人交流不同的想法。即使是我对挪威事务上的一些批评，他也很认真地听，有时还夸赞我提的意见很好。这样促膝的谈话，我也时常从他和一些英语说得不错的中国人之间的交流中听到。

他不仅自己对中国人表现出最大的友好，而且让使馆所有的工作人员都以热情、诚恳的心把招待每个客人的工作作为头等大事。有时来的客人多，椅子不够，大使会和工作人员一起到别的房间去搬来给客人。聚会中，他会主动和每一个客人谈会儿天，细心观察是否对客人有招待不周的地方。使馆上下的工作人员，从司机到服务人员，对大使都有很高的评价。他们说："大使没有官架子，使馆有劳动的工作，他只要有时间都会和大家一起干。见到工作人员，大使总是亲切地打招呼并问候工作人员的家人。"

大使对中国的古董很是喜爱。他不仅去博物馆、琉璃厂参观文物展览和古玩荟萃的老商店，也会像很多爱古董的人一样，清晨五点多，天刚刚擦亮，就打着手电筒去潘家园等古玩集中的地方，观察买家对古玩挑选和审视的方式，在那里了解到最普通的收藏家，了解到传统的老北京味道，从民间搜集的古玩中进一步学习和感受中国博大精深的历史文化。

在维护中挪两国友好关系上，大使以外交官政治上敏锐的嗅觉，明察秋毫，立场鲜明。记得 1999 年国际上曾有人提名一些对中国不友好的人作为挪威诺贝尔和平奖的候选人，我听到大使在和阿童谈话时提到此事，他们认为这样做会使诺贝尔和平奖失去评选的意义。那年，诺贝尔和平奖最终并没有颁给那些人。

周末时大使喜欢自己开车去长城，他告诉我，他从小就想将来有一天能去长城，现在他终于亲眼看到了长城，又有一种永远看不够的感觉。有一次他带我和一些朋友去爬野长城。爬野长城是很惊险的，因为没有路，大使以挪威人特有的对大自然的熟悉在前面开路，我们跟在大使后面，没有一定的体力和勇气还真跟不上他。当我站在长城上看塞内塞外多娇的江山，惊叹风景这边独好时，不由地为祖国的壮丽山河而感动。

3

2000 年，一些在中国工作的外国人像叶大使一样，不仅看到了长城的魅力，也看到了长城上诸如烟蒂、瓜果皮核、饮料瓶子等随处可见的垃圾。于是，他们发起了每周末去长城捡垃圾的行动，叶大使率先参加了这个行动。但他周围和使馆里的人几乎没人知道这事。

后来，有一件事情的发生，让中国很多人都记住了他。

5 月的一个清晨，姐姐给我打电话，激动地告诉我："挪威大使出名了，今天很多报纸都报道了挪威大使在长城救人的事迹。"

我大吃一惊:"我还没听说!昨天在使馆开会见到大使,没有人说起这件事呀!"姐姐说:"你快自己看报纸吧。"我赶紧找到当天的报纸,报纸上是这样报道的:

2000年5月周日的一天上午,在八达岭旅游的一名女孩不慎掉下了山涧,正在许多游人一脸茫然、不知所措的时候,一位老外已悄然随着山坡滑下去救人了。少女从断壁处滚下70多米,山势险峻,老外抓住了少女拼命地向山上登爬,脚下的石块却越来越松动。老外紧抱住少女,情况很危急。这时几位外国人也毫不犹豫地沿着陡坡滑下去,村民们这时抄别的路径也下来了,大家用眼神、手势沟通,最后用简易担架和绳索把女孩拉了上去。当越聚越多的人群用掌声和喊叫欢呼女孩脱险的时候,救人的老外却悄然离去。

现场有人拍下了照片,后来发表在5月23日的《北京青年报》上,记者根据这张老外的照片追寻到了这位"见义勇为的雷锋"。谁曾想到这位"雷锋"竟是挪威王国驻华大使叶德宏先生!事发时,叶大使当日正与几位朋友第四次到长城拾垃圾。

当《北京青年报》的记者找到叶大使并表示想采访他时,叶大使不愿讲他是如何不顾危险下到70多米深的悬崖去救女孩的,他只是说了句大白话:"这很简单,你也可以做得到。"

据说,后来央视的"感动中国"节目组也联系到叶德宏先生,他却以回国度假为由谢绝了媒体的"表彰"，说的还是那句大白话："这很简单，你也可以做得到。"

中国网友是这样评价叶先生的："叶大使把事情描述得很轻松，话语很平淡，但这正是打动人心的所在。感动出自平凡，感动出自人格，感动出自细节，这是挪威叶德宏大使给中国留下的印象。"

一晃 28 年过去了，在 2017 年的除夕之夜，在这个平凡的家庭聚会里，有这样一位平凡的主人，在自己平凡的每一天中，不知不觉让自己的平凡给他人留下了感动。

2017 年中秋所想

今年（2017 年）中秋节沾国庆节的光，再加上跟周末连在一起，能有九天假。于是，中秋节开始变成一个巨大的节。2008 年前，中秋节赶不上周末根本不放假；只是商家卖月饼，提醒了大家。看不看月亮，吃不吃月饼并不是我们这代人关注的。月亮哪个月十五不能看？以当今的生活条件，月饼随想随吃还非要等到中秋这天？

古人最早过这个节的是帝王，春祭日，秋祭月。后来贵族文人跟着附庸风雅。秋天是个容易让人多愁善感的季节，要不然怎么出了那么多中秋月的佳诗绝句？而我们这个时代的人多忙着挣钱养家糊口，哪儿有闲情逸致吟诗自怜？能写点自娱自乐的段子就不错了。

我从不记得自己正儿八经地过过中秋节。小时候，父母工作忙，又没假，顶多给个念想，中秋有月饼吃。一家人离多聚少，每逢这一天，就复读一遍李白的"床前明月光……低头思故乡"。长大了，轮到自己忙，年复一年天天工作，再加上不知从何开

始不喜欢吃月饼了，越发觉着这个节就那么回事。倒是女儿常记得这一天，她喜欢吃月饼，什么高糖、高脂肪、高蛋白，她这个年龄都不在乎，最爱双蛋黄的。今年十五她自己独自在挪威，还画了个月饼发给我，提醒我又到中秋了。

我和先生阿童八月十六赶回挪威，十七一大早到城里唯一的一家亚洲店找了半天，也只找到越南的月饼。我从没想到国外的月饼这么贵，买一个月饼的钱在国内可以买一盒（四个）中等价格的月饼了。于是我就买了两个，意思一下吧。

在国内，不知从哪年开始，中秋前后，各家月饼都堆满地。园区送，亲朋好友送，左邻右舍都送，多得让人发愁死了。于是大家串门时都提着月饼，开始转送；转送不出去，有人就在探望家里老人时给老人送去，美其名曰"敬孝义"。节后，很多老人家里都是月饼，老人们节约惯了，怕不吃的话，时间长了会坏掉，每天都拼命吃这些月饼，以致有老人因吃月饼生了病。于是街道办事处不得不在中秋来临之际在小区里贴出告示，禁止中秋给老人送月饼。

今天是阴历十七，过中秋也很好，早就听说今年中秋是十七的月亮比十五还亮。两个月饼，正好够女儿和她的朋友们品尝一下，希望她能记住中国的节，知道中国的节里有故事，有传统，有亲情。

有人说："纵横历史百年，没有像当今世界这样同时发生如此之多的变化。"想想确实如此。首先网络的出现使一切事情简单化。世界变成了一个地球村，天涯发生的事，海角马上知道。一个手机，吃喝玩乐、衣食住行全搞定。人民币的国际化，让 13 亿中国人可以说走就走去看世界。使用的能源从传统的石油逐渐转向更环保的电力。电力提取来源从水力、煤炭、风力发展到太阳能和更多的物质。电动汽车已急不可待要进入千家万户，机器人可能也要成为家庭成员，地球上的人正准备着搬到月球上去居住。

我们生活的世界不再简单了。面对每天翻天覆地的变化，我们这些当爹娘和爷奶的人就像当年上学一样不敢掉队。今天的掉队可不像当年留一级那么简单，这可是关系到将来能不能自理、活命的大事。如今，紧跟时代节奏很重要。以前常说，活着是为了吃饭，现在要说，活着就要跟上时代。长假一过，全力以赴继续跟着时代节奏决不能停步。

圣诞节菜谱

一年一度的圣诞节又要到了。女儿在挪威,我们 11 月底就赶了过去。

今年(2017 年)圣诞节,各个商家的准备来得比往年要早。一到挪威,便看到商店橱窗都是圣诞礼物的陈列,大街小巷圣诞节的灯光已经在日照很短的白日点亮,邻居的平台缠了一圈小灯泡,造个圣诞气氛,昼夜在我家窗前忽闪忽闪,晃得我眼晕。即使不是周末,街上也挤满采购的人。超市就更别说了,买东西绝不能推车,我和先生阿童提个小筐子都很费劲地在人群里挤。

今年过节家里要多两个客人,一个叫伊莎,是个挪威女孩,现在大学教育系学习,盼望将来做老师。她的父母今年圣诞期间不在家,女儿租伊莎家的房一年多了,两个女孩处得很好。另一个叫小飞,是个中国女孩,两年前在中国完成博士后研究,然后被选送到瑞典做天文方面的研究。这是小飞第一次在国外过圣诞节。节日期间身处异国他乡的那种乡愁我是有体会的,今年正好有机会邀请小飞来和我们一起过圣诞。

我和阿童开始忙着制定圣诞节菜谱。阿童很高兴有客人，这样他就可以给客人展示一下挪威的圣诞传统美食。这时候，他正喜笑颜开地坐在沙发上，开始计划第一顿：圣诞晚餐。

好久没见他这么高兴了，因为前两天练琴太多，乐队队长频繁换曲目，搞得这帮乐队老帅哥焦头烂额，演出过后，阿童说手指疼得很。幸好从中国回来时，发小给了几包止疼膏，他使用后觉得手不太疼了，但一天到晚眉头仍然是紧皱着的。

我见他此时心情还不错，赶紧给他一个有兴趣听的表情，但心里则不停地祈祷，千万别说吃肉。几年前在挪威的圣诞餐，一顿接一顿的大肥肉让我和女儿至今提起来还头大。我记得那年圣诞节过去之后，女儿生气地对我们说："我再也不要过这样的节了，以后把圣诞买肉的钱捐给吃不上饭的人好了。"

过节没肉对于阿童是不可思议的，这次他玩起了先下手为强，抢先就说："我们要按照传统圣诞菜谱行事，传统的圣诞夜晚餐是烤猪里脊肉。"我一听就不高兴了，怎么又是从吃肉开始？我马上说："我在卑尔根（挪威产鱼区）这顿饭吃的是苏打鱼。"

所谓的"苏打鱼"，就是先将野生捕捞的大西洋鳕鱼用苏打水浸泡——鳕鱼是一种无味道的鱼，本身比三文鱼油脂低，浸泡后的鳕鱼基本无油脂，鱼肉膨胀，雪白透明，然后放锅蒸上 20 分钟，最后将切成小块、煎得稍有焦黄的培根连带炼好的猪油一起浇在鱼上。这样做出来的鱼肉又香又不腻，很好吃，但做时的火候很重要。记得阿童做过一次，还不错，但配菜用了很长时间。印象中那顿饭做完，厨房里锅碗瓢盆摊了一地，实际配菜就是个豌豆泥。

欧洲厨房和中国厨房很不同，中国一把菜刀齐活，欧洲要十几把，每把都分工细致；中国一口锅能办的事，欧洲要一堆，家里没个大一点的厨房还真不行。做苏打鱼需要一个大蒸锅，这大蒸锅就是单为做这鱼准备的。苏打鱼一年卖一次，只有在圣诞前可以买到。

　　但阿童对吃鱼从来没兴趣，这会儿只听他振振有词地说："中国不同城市春节大餐有不同吃法，挪威也一样。"这样的话听着也不无道理，那第一顿就只好吃烤猪里脊肉了。

　　接下来我说："那第二顿可以是鱼了吧？"阿童说："错！第二顿是圣诞第一天，这天一定要有肉，烤猪臀，配上肉饼、肉丸子，要摆满一桌子，摆一天，大家可以什么时候饿了什么时候吃。"物以稀为贵，挪威是个海产大国，无论政府怎么宣传吃鱼的好处，挪威人普遍还是爱吃肉。

　　接下来是第三顿了，我想总该轮到鱼了吧！阿童此时好像在想什么，突然一拍大腿，高兴地说："差点忘了，第三顿是松木蒸羊排。"

　　松木蒸羊排的确是一年一次圣诞节前才有卖的特殊腌制的羊排。这种羊排在做前要在清水中泡48小时，然后放在小块松木上蒸。做好的羊排口味有松木的清香，不腻不膻，非常好吃。

　　尽管如此，我这时已经不想再听圣诞菜谱了，而是开始想节后减肥运动的辛苦。不管怎么说，如果第四顿阿童再敢说肉，现在流行生气时扔鞋，我就要扔鞋了。

　　阿童似乎预感到了我的进攻计划，临时来了个大喘气，勉强笑着说："第四顿就苏打鱼吧。"

　　我低头看了看脚下没被抛弃、幸运的拖鞋，忍不住哈哈大笑。

在大海中游泳

年轻，并非人生旅程的一段时光，也并非粉颊红唇和体魄的矫健。它是心灵中的一种状态，是头脑中的一个意念，是理性思维中的创造潜力，是情感活动中的一股勃勃的朝气，是人生春色深处的一缕东风。

——塞缪尔·厄尔曼

今天，我又一次读了德裔美籍人塞缪尔·厄尔曼举世闻名的短文《年轻》。70 多年前，当《年轻》首次在美国发表，便引起全美轰动，成千上万的读者把它抄下来收藏，当作一生的座右铭，它甚至成为许多中老年人后半生和晚年的精神支柱。一篇短文能写得如此荡气回肠，给人永恒的力量，真是上天要对人类说的话。我在屡受挫折、心灰意冷的时候也喜欢看它一下，再看它一下。每次都如第一次读到它那样受到感动和激励。

2016 年 8 月的第一天，我给自己定了一个每天在大海中游泳

法国城镇芒通海边

路转溪桥，
忽见

一个小时的计划，时间是一年。明天是 2017 年 8 月的最后一天，我终于要完成这个计划了！

游泳是我的童子功，这没什么好说的，我想要说的是上了年纪对自我信心的挑战。

记得那年，10 岁出头的我带上弟弟、妹妹到北戴河游泳，那时我们哪儿知道什么是怕，游完泳，三个人居然还用最后的一点钱请摄影师在岸边的礁石上给照了张相片。现在，当我们把这张照片给别人看，并讲述当年我们怎样从家里偷偷跑到北戴河游泳时，别人看着照片上小小年纪的我们，总为我们的故事感到惊讶，我们自己也想不通那时的我们胆子怎么就那么大。

改革开放后，妹妹大学一毕业就幸运地申请到挪威艺术学院奖学金，她毫不犹豫地只身飞往挪威，当时身上只有父母给她东拼西凑的 200 美金。那是 20 世纪 80 年代初，挪威和中国之间还是很陌生的，尤其挪威语，在国内基本没有机会在学校学习到这个语种。

没过三年我也去了挪威，姐姐去了英国，爸爸死活把弟弟留在了国内。离开中国前，我们姐妹都已有了别人羡慕的好工作；而到了国外，我们要一切从头开始。但那时我们还年轻，没有担忧和不自信。我们相信只要努力，一切都会好的。

现在不一样了，人上了年纪，由于多年在工作上的多虑和担忧，心态常处在焦躁和害怕中。很多事情能做的也担心做不好，于是索性就不去做了。我想如此下去，前半生成就的生活品质就会下降，这种下降会很快使人成为行尸走肉。所以去年 8 月，我决定利用这个游泳计划，挑战自己。

最近一次在大海里游泳的美好感受记忆犹新，那是几年前和两个北京来的朋友在地中海里游泳。这两个朋友是野战部队大院长大的孩子，他们和电视剧里那些在部队机关大院长大的孩子是不一样的，他们没有那么多骄娇二气，从小跟父母走南闯北，十五六岁就当了兵，锻炼出能吃苦、无惧无畏和越是艰险越向前的精神。

当我们走向大海，天已黄昏，海浪开始一浪比一浪高，浪花拍打着岸边礁石，发出炸裂的巨响，怪吓人的。我心想这俩姐们儿要放弃了，没想到两位一个猛子扎进大海，毫不犹豫地向波涛冲去。我有她俩壮胆，也就没了惧怕。真到了海里，我开始享受与大海的亲密接触，全身心感受着大海像缎子一样裹着身体的柔软和光滑，被海浪托起的身体轻盈自如，我快乐地在大海里飞起来，落下去，随着海浪飞奔，那真是过瘾呀。

但去年8月开始的这个计划是我一个人在大海里游泳。一开始走到海边我很焦虑和恐慌，一望无际的大海当时只有我一个人。我心里马上想到的都是要发生的危险：要是抽筋了怎么办？游到大海中没劲了怎么办？甚至还想到会不会碰到鲨鱼呀……其实我知道这片海域从没听说出现过鲨鱼。

这些自我恐吓让我越想越紧张，有点喘不上气了。但是我还是硬着头皮，心想即使有危险我也要去实现自己的计划。万事开头难，第一天终于顺利地结束，接下来一天比一天自信，一天比一天能享受在大海中游泳，享受身心的解放和对自我挑战成功的骄傲。一个月下来，身体结实了，心态放松很多。我相信我们这代人经历过苦难，是打拼出来的，当年身无分文也敢闯世界去创业，这种精神和脚步决不能停。这就像《年轻》里说的：

　　　只要勇于有梦，敢于追梦，勤于圆梦，我们就永远年轻！千万不要动不动就说自己老了，错误引导自己！年轻就是力量，有梦就有未来！

后 生 给 我 一 片 阳 光

成　长

1

2014 年，女儿 23 岁生日之际，她的朋友在网上看到她的画被号称当时"美国天皇"的女歌星碧昂丝（Beyonce）制作的电视短片《美丽的心》选为结尾的画面，马上兴奋地告诉了女儿。女儿听到后高兴地说："这是我最好的生日礼物。"看到长大的女儿，我不禁想到这些年来女儿在我的陪伴下辗转各国求学的经历。

1996 年，女儿 5 岁，我想，再不带她回国学中文就晚了。6 岁孩子就到了上学的年龄，一上学就不能随便带她到处走了，于是我开始寻找到中国工作的机会。机缘巧合，还真是幸运地找到了。

女儿生在挪威，从她开始牙牙学语，我就坚持用中文和她交流。大概因为她就是个挪威孩子，她经常听不懂，偶尔听懂也用挪威语来回复我。我知道小孩子总会本能地找最熟悉的语种说话，关键是我不能妥协，我必须让中文成为我和她交流的唯一语言。我之所以萌发这个坚定的想法，是因为偶然看到的一本书：书中提到有个很小的国家的公主嫁到法国做了皇后，她坚持和自己年幼的儿子说母语。她告诉儿子："妈妈是你最好的朋友，你永远可以和妈妈说悄悄话。"于是我明白，如果我的女儿长大后不能用我的母语和我交流，我们就不能算真正地彼此了解。

女儿 5 岁前，我常常带她去挪威华人联谊会开办的中文班上课，但由于家里通用的语言是挪威语，女儿的中文始终不过关。我像所有的华人一样，希望自己的孩子长大后能掌握中文。但我看到很多华人在这方面很失败。于是，让女儿熟练地掌握中文成为我的目标。在挪威的十年，虽然我融进了这个社会，找到了工作，也有了一定的人脉，但我还是义无反顾地放弃了这所有的一切，返回了早已经陌生到两眼一抹黑的中国。

2

回到北京，我没有租房子，而是和父母住在一起。父母听说外孙女要回来学中文，马上张罗着给找幼儿园。父母所在的小区院子里有个幼儿园，但园方有顾虑：一是怕生活习惯和条件差异，照顾不好一个国外回来的小孩；二是担心语言方面有障碍。幼儿园园长是个有文艺爱好，活泼、开朗的职业女性，她经过慎重考虑，还是破例收下了女儿。

1996 年的中国，改革深入，条条框框很少，让人感到没有办不成的事，只有不去办的事。幼儿园里要来一个不会说中文的孩子，像是平静的湖水中投入了一颗小石子，给习惯了按部就班的老师们增添了活力。老师们让我教她们一些生活中常用的挪威语。她们又把这些挪威语单词醒目地写在黑板上。我一到幼儿园接孩子，老师们就热情地用挪威语和我打招呼，并让我多教他们一些新的单词。我想，改革开放后的中国真的不一样了，富有朝气，活力四射，人人都渴望接受新事物，学习新东西。这充分体现了邓小平同志的名言："发展才是硬道理。"

有时中午工作休息，我会好奇地跑到幼儿园看女儿怎样适应这个新环境。赶上幼儿园孩子们午睡，一排排的小床整齐排列，所有的孩子都躺在床上，有睡着的，有见人来马上睁大眼睛张望的。让我意想不到的是，只有女儿一人生气地坐在床上。陪我进来的老师说，这孩子很倔，不喜欢午睡，连躺下也不干。听了这话，我对女儿不听老师管理的行为很不好意思。女儿这一代"90后"给社会展现的特点是："我们不喜欢听别人的安排，我们想怎么做就怎么做，我们要自己选择要做的事情。"

刚到中国的两个月，女儿基本没有说过话，不管大家怎样教她简单的词汇，她就是不跟着说。当时正值炎热夏季，幼儿园午休后会给孩子们喝绿豆汤消暑。女儿瞪着大眼睛看着这汤，老师们苦口婆心告诉她喝绿豆汤的好处，她就是不喝。这也怪我，在挪威基本没有做过中国饭，来到中国，父母每天变着花样做出来的饭菜，女儿一样也没见过。她吃得很少再加上不说话，便一天天瘦下去，我和幼儿园的老师们都很着急。老师们建议我先把她接回家住一段时间再说。

3

回到家，我妈妈常常和她说中文，还给她唱一个叫《我是邮递员》的歌。姥姥跟她说话时并不需要她回答或跟着学，只是把她当成一个伴在聊天。一天，突然间奇迹发生了，女儿开始提问题，我妈妈也没有大惊小怪，用正常语气回应她。我在一旁听一老一小一问一答，聊得火热，很是有趣。女儿用清楚标准的普通话，好奇地问家里东西的名字，尤其姥姥带她到厨房说给她拿点好吃的，她更是表现出浓厚的兴趣。就从那一天，女儿开始说中文了，而且是喋喋不休。几个月后，当她爸爸从挪威来看她时，她只跟她爸爸说中文，爸爸听不懂，她觉得很好笑，奇怪地问爸爸为什么不会说中文。她还一脸神秘地告诉爸爸："北京的中国人比我在挪威和英国唐人街看到的还要多。"这真让我们哭笑不得。

女儿开始说话后，我们又将她送进了幼儿园。园方为了鼓励她，让她当了个吃饭给大家分碗的小组长。这下女儿来劲了，每天催着我早早送她去幼儿园，以免误了分碗。中国教育让孩子们从小有责任心，培养孩子在集体中生存的能力，这是国外的教育难以做到的。

记得挪威的幼儿园，孩子们一进去就各自找到自己感兴趣的玩具或场所，比如木马、小桶、铲子、沙坑，绝大多数时间都是自己玩自己的。这种教育大概是为了培养孩子的独立性，让孩子今后自己解决问题时的独立思考性更强吧。

教育是个很复杂的学问，多年后，女儿问我看过几本教育孩子的书，我不好意思地说，就一本，还没看完。但我心里有个在孩子教育方面的基本出发点，这就是言传不如身教，我和阿童互相保证决不当着孩子面吵架，不希望孩子做的事情我们也决不做。

在这个幼儿园里，女儿是第一个从国外回来的孩子。看到她成功适应，院子里的海归家长们开始陆续把自己的孩子也送到这里来。这个幼儿园以前没什么名气，孩子一般都来自院子里普通工薪阶层的家庭，那些家庭条件好的家长，往往把孩子送到有名的幼儿园，如北海幼儿园、景山幼儿园……这类幼儿园不仅收费高，而且地处市中心，接送很不方便。半年后，院子里这个幼儿园生源迅速增加，并开始扩建。院长和老师们越来越忙了，除了正常的工作，他们还要学习不同的外语。但每个人都精神焕发，为了做好工作，不图任何回报地加班加点。

家长们也忙起来。我们这代人都明白，在今天的社会要想有好的生活，一定要有本事，既然自己已青春不再，希望就全放在了孩子身上。每天幼儿园一放学，家长就带着孩子东奔西跑，参加社会上的各种学习班：钢琴、绘画、毛笔字、英语课、棋艺课、舞蹈课……不亦乐乎。这样，以往有一技之长的人都有了用武之地，什么家教都抢手。北京市坐车也不像以前那样困难，马路上随时可以叫到黄色的小面的，一块钱一公里，经济实惠，给家长们解决了大问题。

海归派们对比孩子的业余课在国内和国外的价格，欣喜若狂。在国外，这些业余课的收费往往是一般工薪阶层难以承受的。国内有如此好的条件，他们自然也让自己的孩子加入吃小灶的潮流中去。虽然他们偶尔也会纠结这样会不会把孩子仅有的童年自由给剥夺了，但潮流是抵挡不住的。我也经不住这种"不能让孩子输在起跑线上"的观念诱导，带着女儿又上舞蹈课又上钢琴课。可惜她都不喜欢，没多久就放弃了。

4

时间过得很快，转眼就一年了，女儿的中文也说得很漂亮了。我把她带回挪威，开始了她正式的学生生活。

本以为女儿的中文在脑子里生了根，结果并非如此。回到挪威，女儿就不再说中文了。无论我怎样坚持，她都用挪威语回答。我俩走在街上说话，总是一个说中文，一个说挪威语，路人听到我们的谈话，常常投来诧异的眼光。我想这样不行，于是在女儿上完一年级后，我又把她带回北京，进入北京一所普通的小学——西谊小学当插班生。

上小学要有一个正式的中文名字，我给她起了个中文名字：郭琳琳。女儿第一次听到这个名字，就高兴地对我说，这是世界上最好听的名字。可惜到了学校，在开始阶段，她常记不住这个名字。老师点名时，叫到她的名字她常常毫无反应，并且还东张西望。老师很奇怪，曾一度怀疑这个孩子的智商是不是正常。

中国学生的刻苦学习精神从小学就正式开始培养了。每天女儿回来，吃完饭就开始做作业，常常一做就到深夜。这时，我就陪着她，帮她默写，给她掐表做算术题，争取每道题都能在最短的时间里算出来。中国小学里竞争的风气很浓，哪个孩子能躲过这样的你追我赶？女儿很争气，一点也不落后于同龄人，一年后在期末考试时，她的中文由于在每周小测验中一直都是标兵，受到了学校给予的免考奖励。与此同时，女儿的数学考试在班级中也是最好的。在当时，很多华人的孩子带着这样的学习功底转到挪威就学，是很快会跳级的；尤其是数学，有的孩子要跳两级。

5

1998 年，我先生阿童说挪威在非洲布隆迪有个国家援助远程教育的项目，委派他前去任职，他征求我的意见要不要去。我一听，马上激动地说：当然去呀，人一生能有在非洲工作的经历，真是太难得了。布隆迪原是比利时所属殖民地，官方语言一直以法语为主。当地有一所比利时人办的中小学，听说教育程度很高，老师都是从法国和比利时来的专业教师。我们决定让女儿到那里去上学，因为我们听说小孩 8 岁前是语言学习能力最好、学得最快的年纪。法语号称语言中的精确和严谨之冠，当然也有法语比较难学的说法，如果女儿在当时的年龄能掌握这门语言，可以说是老天赐给她的一个免费礼物。我们当下就决定，由阿童带着女儿到非洲去上学。

布隆迪是非洲中东部一个高原国家，平均海拔在 1600 米，这使整个国家的气候比起非洲很多炎热的国家来说，相对宜人，早晚很凉快。但由于布隆迪一直内战不断，当地人民经常处在流离失所的状态。挪威移民局多年来派有工作组在布隆迪,帮助这里的居民修建房屋,改善生活状况。1999 年,布隆迪国内的政治形势渐趋稳定,为了帮助布隆迪发展教育,挪威移民局、挪威国家广播电视部和挪威基金组织准备在布隆迪首都建立一个电台,以电台广播的教学形式向该国的孩子进行基础教育,阿童被委任为这个项目的领导。

我和阿童一致认为这是很有意义的工作,商议决定:他带着对新事业挑战的热情,先到布隆迪去做准备工作,顺便找住处,给女儿联系上学的学校,随后我带着女儿在合适的时间赶过去。两个月后,我带着女儿从北京出发,经过 36 小时的飞行和转机,终于来到了对我来说充满神秘感的非洲。布隆迪是一个美丽的国家,到处是奇花异草,人们悠闲、和善。在首都布琼布拉(Bujumbura),到处可见世界各国的援助组织、新闻机构在这里设立的办事处,大街上各种肤色的人都有,带有联合国标志的越野车也比比可见。

6

女儿就读的学校,是布隆迪唯一一所全部师资力量都以法语为母语的中小学校。学校的生源基本是联合国派驻机构工作人员的子女。当地也有孩子在这里上学,但基本是殖民时代来布隆迪开发冒险的比利时人后裔。这些孩子出生在这里,除了拥有优越的生活和白种人的肤色，其他方面和当地人没什么两样。他们会当地语言，懂当地风土人情。当他们说他们是本地人的时候，看着他们金黄的头发、雪白的肤色，我很难相信。这所学校的学生还有一些是布隆迪政府要员的孩子，这些自命不凡的孩子很有小贵族的派头。这里还可以见到很多混血小孩。我从来没见过这么多长得异常可爱的小孩扎堆。学校聚会时，一个比一个可爱的孩子在一起玩耍，我真是看也看不够。这所学校每班不超过15个学生，所有欧洲中小学开设的课程这里都应有尽有。

为了使女儿顺利融入新环境，开学前我们给女儿找了个家教，两个月的假期，女儿玩玩学学，开学后就直接进入三年级。法语学校就是法语学校，不仅法语课，数学、自然、地理等所有课程一概法文授课，真难为女儿了。一开始，她在课堂上什么也听不懂，脸上流露出胆怯、紧张，大眼睛渴求地看着周围同学，希望能得到帮助；但很快，她一点点变得自信，不再慌乱无主，有时还主动举手回答问题。这样的转变，确实让人佩服一个孩子的承受力。

有人说，孩子阶段学语言，学的语种越多就学得越快，因为语言和语言之间是相通的。但也有人说，这样会造成孩子不适应，整个大脑会乱套。我好担心呀！好在女儿没有乱。我看到这里的孩子在一起交流，四个人在一起可以用四种不同的语言交流，四种语言转换自如，而且转换常常就在一瞬间，没有任何障碍和犹豫。这真是让我大开眼界。

女儿在布隆迪住了三年，布隆迪内战重新开始的那年，我带着女儿离开了那里，再一次回到了久违的北京。

在北京，女儿进了北京法国国际学校，继续法语的学习，这是一所由法国人在北京开办的中小学。在中国改革开放时期，法国很多大的公司都进入了中国市场，大型超市集团家乐福在短短的几年时间，就遍及了中国大大小小的城市。由于法国派驻中国的工作人员很多，子女的就学问题就相应而来，于是就兴建了这所法国国际学校。

女儿在北京法国国际学校以优异的成绩结束了她的初中学业，然后又考进了北京德威英国国际学校，开始高中课程的学习。虽然一开始，进入以全英语授课的学校，女儿在学习上有难度，但比起她当年上中文和法文学校就省力多了。

经历是一笔宝贵的人生财富。从小就游学生活在不同国度的女儿，驾轻就熟地适应了生活中的不断转变。高中毕业后，女儿考进香港大学。大学期间，女儿又利用互联网让老爸帮忙补习挪威语和修改写作。日渐懂事的她毕业前还回挪威参加了挪威语的高中考试。港大毕业后，已经熟练掌握多种世界通用语种的女儿回到阔别多年的故乡——挪威，又以挪威语为专业学习了一年，为即将在挪威读研做好准备。

此时的女儿，是那样自信及充满活力。出生在新时代的她经历了我们这一代人不敢奢望的成长过程。女儿长大了。

女儿毕业了

2012 年，女儿经过 17 年在不同国家的小学、中学和大学教育后回到挪威。她说她不再用我们的钱，她要在挪威工作。我们建议她还是先把研究生念完再工作。但她说她要先学会怎样生存。

女儿从 5 岁开始就在不同的国家、不同的语言学校上学，寒暑假也不闲着，因为她在学习新的语言的时候，为了不让母语变得生疏，还要利用假期补习母语。一晃，她大学毕业了，知道要独自走进社会，要自力更生，我们很高兴，但心里也有一缕失落感。我们最后还能给她的这点帮助她也不再需要了。

几个月后我们从中国回到挪威的家，发现家里厨房乱七八糟，堆满了垃圾袋，这让我们很不高兴；但发现垃圾的分类做得非常仔细，我们又高兴了，只是希望她以后不要把垃圾存在家里，要及时扔到楼下公共垃圾间里去。

女儿挣的钱不多，但每次从超市买完东西后，总要给街上乞讨的人分一点。她说她不学开车，要保护环境，今后去哪儿都要走路或骑自行车。她说她将来不要孩子，因为世界上有很多的孩子需要有人照顾，她希望能照顾一些这样的孩子。听说老板要给她加工资，她告诉老板她的同事马上要有孩子了，比她更需要钱，她认为她挣的钱够用了。我问她是怎样安排自己的工资的，她说三分之一交税，三分之一存起来，其他是买书、订报，每月给公益慈善组织捐助一些钱，剩下的是生活费和与朋友交往的费用。

她的计划是工作一年后要行走几个月，去思考今后到底要干什么，学什么。我们觉得很有兴趣去了解一些她的想法和生活，孩子们小的时候父母们都觉得他们可爱，当他们长大了，我们发现我们能从他们身上看到更好的世界。我们跟不上她了，这是"90后"的主流意识吗？不贪婪，有社会意识，让人类和世界向着美好走。我们活到这把年纪，知道人生的苦难。祝愿所有善良的孩子，永葆初心，坚强地去面对未来。

2017年夏天，我们在挪威的时间比较长，有机会常和女儿在一起。有一次我收到一封从福建寄来给她的信，好奇地问她："从来没听说你在福建还有朋友？"她笑着说："那是我的孩子。"我马上明白她的意思了。我问她什么时候开始的。女儿说从她到挪威有了工作，每个月都给福建一个智障儿童基金会捐助300元。这个基金会有时会把这些孩子成长的情况写信告诉她，已经有三四年了。我听后觉得心离女儿更近了。我知道她有工资后每月必做的是给公益慈善组织寄点钱，然后付房租，买书。她还有什么更多在做的事情目前我也不知道，一般我也不打听，只知道她不讲究吃穿、打扮，生活上很节约。有天她老爸给她一个提包，她发现是个名牌就还给她爸，说名牌不是她的生活。这几年，她在 Logo 和主题创意等设计上开始受到关注。2017 年英国一个慈善跨国开车远征队把她的设计标用在了远征车上；后来在奥斯陆（Oslo）举办的国际文化音乐节，其杂志也定下用她的作品。她还是个"90 后"，她给了我们希望。

有一天，女儿给我讲了一件事。

自从她开始读研究生后，她在奥斯陆旅行咨询办公室每周工作三天，以赚取自己的学费和生活费，包括房租。女儿喜欢这个工作。她从小跟我们在欧洲、非洲和中国跑，上过不同语言的学校，这使得她的语言能力比较强。在接待从世界各地到挪威旅游的客人的过程中，她是快乐但也很小心的。现在询问别人的国籍就像询问别人的年龄、挣多少钱一样，有时让人反感。开始工作时，女儿估计客人可能是中国人，试着和对方用中文交流，没想到客人很尴尬，因为有些人可能是中国人的后代，但对中文并不熟悉。之后女儿学会听客人之间讨论用什么语言，然后再征求是否用客人之间讨论的语言和他们交流更方便。一天，来了五个在英国做医生的华人，他们听到女儿会说中文，非常高兴。他们在一天中去找了女儿几次，根据更改的景点再更改他们预订的酒店。临近下班时，他们又来了，女儿有点紧张，担心他们是不是遇到了不顺。出乎意料，这次他们是邀请女儿和他们一起共进晚餐以表示感谢。此刻，他们一定坚持让女儿叫他们叔叔阿姨了。女儿婉言谢绝了这些叔叔阿姨的盛情。在下班的时候，叔叔阿姨又来了，还给女儿带来一盒巧克力表达他们的心意，并再三嘱咐女儿去伦敦旅游的时候，别忘了她的这些在英国的叔叔阿姨。中国式

路转溪桥，
忽见

的情谊世上难得。

2017年12月，女儿的硕士毕业论文终于交卷了。现在的孩子好像需要压力，不到学校规定交卷的最后一刻是不会把卷子做完的。两年半的时间写论文，平日半工半读，寒暑假每天都工作，包括周末。碰上有的大公司晚上搞活动需要帮手，她会下了班马上赶过去帮忙，再挣点外快。真是挣钱比学习努力多了，因为她要的不是学位而是独立。

现在的社会对学历要求也高了，年轻人找工作，学士学位已经不再有很大优势，一般都从硕士学位起步了。到"00后""10后"成年，估计就是博士满天下的世界了。想起我们的父辈给我们讲他们的年代，那时村里的教书先生有个中小学文化水平就是全村人眼睛里的秀才，大家什么事都要请教他，尊敬、依赖、崇拜他，恨不得把他当祖宗一样供起来。我们的下一代永远不会想到世界上还曾有过那样的好时光。

女儿把论文的拷贝发给她老爸，她老爸看得津津有味，时不时情不自禁地赞叹，看完后对我说，我要给她的论文评A+。其实我只希望女儿通过就行了，学习重在过程，从小养成一个爱学习的好习惯，能活到老学到老是很幸福的。现在的年轻人一个比一个出色，我听女儿谈到她班里有些人的论文，光听题目就感觉很新颖。我们这代人可能有人生的经验，但对社会在通向明天道路上的创新已是力所不能及的，我们想跟上他们都很难，能做的就是把我们的一些经验告诉他们。

妹妹说让女儿接着念博士，但女儿希望再念一个艺术硕士，她现在知道自己喜欢学什么了。接下来她告诉我们她要奖励自己一下，她向老板请了三个月的假，要到世界去旅行。她已经攒够了自己的旅行费。她26岁了，我们终于决定，今后她的人生道路，我们不再干涉，我们要相信她。

女儿工作了

我的女儿大学毕业后，想到挪威工作一年再读研，自己在奥斯陆市找了家日本料理店。她觉得在餐馆工作接触人多，对她这个"90后"是会有帮助的，因为她只擅长在互联网上与人交流，而在真实社会中，在与人面对面打交道上却不知所措。餐馆老板欣赏女儿的履历和学历，决定培养她当二老板。老板教女儿饭店管理、进货、营销，并且让她了解政府部门对餐饮行业的要求，尤为重要的是卫生署的要求。

一般做食品和餐饮工作的人都少不了要和卫生署打交道，见了卫生署的官员，多少有点老鼠见到猫的感觉。我住在法国的时候，经常去超市买菜。有一次，在超市卖肉柜台，我看到平时老拉长个脸、对顾客爱搭不理的掌柜，正微笑地对一位在他柜台里写东西的女士点头哈腰。我一看就明白了，这位女士一定是卫生署的。看到这掌柜还有如此阳光的面孔，我觉得挺有意思，盯着看了他一下。这位掌柜居然向我调皮地伸了伸舌头，还眨眨眼，并且用嘴角撇了一下他身边的女士。我曾多年从事食品行业的工作，自然见过这种场面，于是对他点点头，意思是："我明白，你不用紧张，这是例行检查。"

卫生署在食品检查中，要求最严格的是生鲜食品。生鲜食品从生产到顾客手中，哪一个环节稍不留意都会出大事情。我记得公司曾请一个国内知名的厨师给我们讲课，厨师用自己的亲身经历告诉我们食品安全严格要求的重要性。一次，他被邀请给一家航空公司头等舱做日本料理刺身，在处理鱼的过程中，他的手指被鱼刺扎了一下，当时他并没发现被鱼刺扎了的手指出了点血并沾到了鱼肉上。餐后没多时，吃过生鱼片的旅客集体拉肚子。从此，飞机上规定绝对禁止现场操作生鱼刺身。

说回女儿的工作。这是女儿第一个拿工资交税的正式工作，她干得很卖力，有时回家无奈地说，店里近期客人少。我和先生一听会马上说，那我俩赶紧叫朋友去吃饭吧，好久没在外边吃了。女儿很不高兴地回答："我不喜欢你们这样的客户，我想要有真正的客户。"我们有些不满意地问她："我们又不是去蹭饭，饭后小费还会多给，怎么就不是真正的客户了？"其实我们心里很明白，她是不想让我们找借口帮助她。

因为女儿不让我们到她饭店吃饭，我和先生常常溜达到饭店门口，探头探脑想看看她怎样工作。终于机会来了。

一天，女儿和我们在家一起吃饭，饭店来电话说卫生署的人来了。当时老板在国外，女儿扔下饭碗就往外跑。我和先生看她害怕的样子，直喊："别紧张，别紧张。"于是，我对先生说："咱也过去看看吧，卫生署的检查咱们都熟悉，也许能帮上她这个初

来乍到做食品工作的人。"话虽如此，但我俩知道不能让她感觉我们不相信她的能力，所以故意慢慢吞吞地去到店里。店里门开着，店员和厨师一见我俩就七嘴八舌地汇报情况："卫生署认为厨房卫生没有达到安全卫生的要求，今日停火，仔细做卫生。下班前递交自己认为合格的报告，他们再决定明天是不是能开火。"

我探头往店里看，卫生署的两个官员坐在餐厅靠角落的桌子边，很和蔼地在和女儿说话。女儿一副虔诚的样子，脸憋得通红，头上冒着汗，边听边记，不停地点头。看到她的样子，我想起法国那位卖肉的掌柜，女儿真像是小鼠仔初次见到了猫妈妈，这种场面让她紧张，毫无经验的样子全表现在脸上了。

吧台这边，经常来给女儿撑人气的女朋友（像她一样20岁出头）俨然表现出一副人人似的成熟老练的模样，对着我俩摇着头，叹口气说："她责任心太重了，什么事情都要负责。"确实是这样，女儿回家后，先打长途电话向老板汇报，又逐条看卫生署文件，对照饭店的不足写出意见让老板指示。然后又即刻返回饭店安排改进工作，一直到夜里才回家，回家后又与她老板通电话……

这一夜我先生一直在她屋前遛，等待着女儿可能会需要他帮忙，起码让他把关一下给卫生署写的改进报告。谁知女儿自己忙了一夜，一大早走人，她老爸真是自作多情了。

第二天晚上女儿回家，我俩急不可耐冲到她面前问怎样了。她很淡定地看了我们一眼说："已经处理好了，餐厅可以营业了，我和朋友准备现在出去放松一下。"我们顿时松了一口气，明白小鸟开始单飞，连卫生署都能独自应对了。

看到这一代年轻人如此自信、独立，敢于担当，我和先生都很高兴。从而我们也看到，世界上不管是发达国家还是发展中国家，不管是富国还是穷国，在国家食品安全上的严格监督都是蛮拼的。女儿能从这里起步，学会凡事都要严格认真，尤其在关系到人健康的事情上决不马虎，我们感到欣慰和高兴。

后生给我一片阳光

　　这几年我和女儿在一起的时间比较多，从而接触到了她的一些朋友。

　　卡桑娜，1993 年出生，会说法语、英语、挪威语和葡萄牙语。四国语言对她都如同母语，她在奥斯陆峡湾旅游船上利用假期已做了四年导游。

　　那天我和女儿坐她当导游的船，她告诉女儿今年（2015 年）申请到法国读研的贷款没得到，早上听到这消息她很伤心，她说现在真想上学，但看来还要再工作一年攒够钱明年再上了。我知道她母亲是资深外交官，家里有一个男孩一个女孩，都是父母的宝贝。看来她连想也没想过要向家里要钱，哪怕是借呢。女儿大学毕业后也工作了一年才攒够去读研的钱。我曾说那钱你留着吧，我会供你读研。但她坚决要用自己挣的钱。幸运的是她还得到了挪威大学的贷款和部分奖学金。

　　让我佩服的是，卡桑娜并没因为当天心情不好而影响工作，她用英语讲解得很认真，当发现船上还有些法国人对听懂英语有困难时，她每次用英语讲解一遍之后还用法语讲一遍。实际上老板认为她用英语就足够了，但孩子愿意尽心尽力让旅客听懂，能够明明白白、快快乐乐地游玩。

对一个家庭来说，孩子的健康成长是最大的正能量。2016年年初，我到英国去探望我当年在央视剧组拍摄时的化妆师——珍妮和她的女儿诗妮。珍妮那时刚做了一个手术，手术很成功，但我一直不放心。挪威到英国坐飞机只要两小时，买张机票我就飞过来了。珍妮早两年带女儿到英国，准备让女儿就读英国大学，不久这孩子以满分考上了英国理工大学中排行前十的萨里大学。

诗妮小时候活泼可爱，但父母并不觉得她是块学习的料，一直打算让她往文艺道路上发展。这几年由于他们生活的不顺，珍妮又有病，孩子一下成长了，对母亲贴心关爱。我在珍妮家时正赶上诗妮在期末考试，诗妮隔三岔五从学校打电话向母亲报告考试的情况，最终考试结束给母亲的报告是，她以全优的考试成绩，又一次得到学校的最高奖学金。

珍妮把诗妮做的几个电视短片给我看，我觉得她做得很好，不仅有专题片，还有动漫片，连我这个搞了多年影视制作的导演都不太清楚动漫片的具体制作呢。临离开英国，诗妮专程从学校回来为我送行，我试着和她聊天，没想到一聊就是近两个小时，并让我受益匪浅。突然间我感到眼前这小姑娘已不是我的下一代，已不是那个我脑海里当年又唱又跳又爱打扮的孩子，此刻，她就像我的朋友一样在和我分享她的知识。

父母临终前嘱咐我要把家里的下一代带好。家里下一代不多，

路 转 溪 桥 ，
忽　　　见

我只有一个侄子和一个女儿。侄子是"80后"，女儿是"90后"。"80后"现已是社会主流，"90后"已进入社会，"00后"正站在起跑线上跃跃欲试。长江后浪推前浪。

侄子专业是IT，大学毕业后分在外企做技术工程师。当时外企工作在国内是很不错的，但他干了两年，就辞职要自己当老板，开自己的公司。两年中，东一榔西一棒，找不到定位。后来我试着让他跟我做食品，没想到他喜欢，我觉得他也有灵气。一晃五年，他把一个现在全世界满大街都是的日本料理店在上海、北京做出了特色。现在他已有十几家连锁店。供给侧改革的理论，侄子是活学活用了，让供侧——生产力端发挥出最大潜力，把给侧——生产关系端作为有效地促进生产力的动力。从一开始公司的两个人，大冬天抱着箱子给超市送货，到现在有了几百号员工，有专业厨师、严格的采购机制，有中央厨房、冷链送货车队，有艺术范儿的市场营销团队、程序化的公司管理。员工从上到下不断地培训、学习、提高，到了今日，公司正有条不紊地向前进。我接触过他的员工，工作、做事真让人放心，比我在挪威公司的团队要让人省心多了。全公司主力以"80后"为主，"90后"一天比一天多，"00后"开始涌入。

社会对"90后"的要求明显高了。硕士学位就相当于当年的学士学位，是找工作的基本门槛。经过两年多半工半读的学习，女儿的硕士论文终于到丑媳妇要见公婆的时刻了，论文的主题是《速写能不能使用在新闻报道和专题片中》。随着当今时代的发展，媒体对社会的报道限制和要求有很多变化。比如：人物肖像尤其是孩子们的是不能随意曝光在媒体上的；明星、醉酒者、吸毒人的脸面未经本人同意也是不能曝光在媒体上的。再比如：突发事件抢不到镜头，怎样在媒体上解释清楚；当代人没有时间或耐心浏览大篇文字的报道，一些有意思的速写可能只用一点点时间就能让人对报道内容一目了然。总之，在这个各行各业充满改革的时代，媒体注定也要发生变化。

女儿这个论题没有很多传统理论书籍可以借鉴参考，目前美国和英国开始有了一些，挪威基本没有。挪威媒体学院的导师们也只能让她自己先根据世界上现有的基础理论来写。

论文主体分为三个部分，第一部分是以挪威奥斯陆市存在的年轻人吸毒、醉酒闹事的现象，展现了政府相关部门和警察之间，警察和这些年轻人之间缺乏沟通、理解的矛盾。警察接到市民举报后经常以简单粗暴地驱赶这些年轻人或者关闭他们爱去的酒吧为解决方式，造成问题没解决，对立冲突加剧。如此看来，用速写反映这种现象，让社会更多的人参与讨论，寻找解决问题的办法，是个好主意。这部分有很多不同采访，因为采访是挪威语，为确保真实，速写中的对话是挪威语。第二部分是理论，这部分因为原始资料都是英语，为保证原始理论的真实性，女儿要用英语写。第三部分是答辩，挪威语加英语。看来新一代导师不仅要有专业知识还要多才多艺，如今这些当年的"熊孩子"写论文光语言就有好几种，更别说充满创意的神奇想法了。

这群已进入和马上要进入社会主流的年轻人，他们给我们一片阳光。努力吧，亲爱的孩子们。正如毛主席所说的："世界是你们的也是我们的，但归根结底是你们的。你们年轻人朝气蓬勃，好像早上八九点钟的太阳，希望寄托在你们身上。"

路转溪桥，
忽 见

后　记

　　人生短暂，一晃 60 年过去了。回首往事，心中时时萌发写作的欲望。

　　从开始学习写作，我当年在文工团的老同事、好朋友王雪农（现在是中国学者，清华大学教授）就一直在帮助我。他在我写的文稿上用老师教学生的办法以阴影标示出不通顺或累赘的句子，然后用红字注明句子的错误；每一个篇章在结构、主题、思路上有何不妥，他都会在文章后提出详细的看法；甚至每一个标点符号的错误他都没有放过帮我改正。他告诉我，不是不可以一个逗号打到底，简称"一逗到底"，而是在写作中标点符号也是在帮助表达文章内容，不能不重视。看着他每次帮我修改后的文章上，红字、灰阴影、大段的批语，我心里充满了温暖和感激。

　　现代社会发展的飞快节奏，让每个人面临的生存挑战都很严峻，能这样认真执着地用心、用时间、无私无求地帮助朋友的人已经不多见了。更何况我和雪农在文工团一别已经 40 年，我本以为再好的朋友分别时间长了，感情也会淡漠，实际上，真诚的感情，尤其是从小建立的那种单纯的友谊，平时看似远在天边，然而它始终埋藏在心里，挥之不去。有他的这份难得的帮助，我内心充满了写作的热情。

就这样，我写一篇雪农就帮我改一篇，我看着他给我改过的文章对照自己写的，学到了很多。天长日久，我爱上了写作，即使生活工作再忙再累，一天不写点东西就好像过得很不完整。我在浮躁喧嚣的互联网外，从看书、写东西的乐趣中找到了一方心灵的净土。

如今，这本书终于要问世了。在兴奋之余，我心里更多的是感激。

我要感谢我的先生和女儿热情地加入这本书的创作中，使它成为一个东西两种文化、两个国家和两代人合一的作品；感谢我的妹妹用她在奋斗路上那种死磕的精神激励着我；感谢在人生中所有帮助、信任、爱我的朋友和粉丝们。

我特别要感谢我从小到大的挚友白娟，她不仅肯定我能写作，并且把我的作品推荐给了广西师范大学出版社。我还要感谢本书的责任编辑郭展炜对我文稿的严格要求，伍丽云和郭春艳编辑对我文稿的提携，使它最终能成为作品与读者相见。

郭璐璐

写于 2018 年，北京